U0109553

綠島

外獄書

詹澈 著

自序

一九七〇年代末至一九八〇年初，兩岸政經結構在世界冷戰架構逐漸鬆綁的過程中開始了胎動與互動，台灣以「夏潮」雜誌在台灣政治、經濟、文化、社會乃至思想與文學的探討中，形成了左派知識份子的中心，從這中心輻射或質裂出去的黨外民主運動過程，我從中心走向邊緣又走回來，彷彿薄薄的迴旋竹標，或者不落地的樹葉，我看著自己身後的拋物線和眼下的海岸線，有時真像雙螺旋的染色體，真的，生命應該如此上升。或者說文明吧，是會如鐘擺或蛇行式的匍伏前進，還是立體的可以俯視和回顧的，雙螺旋染色體式的上升？

在這樣的擺蕩中，我認識不少在冷戰架構中因思想問題而入獄綠島的朋友，如已逝的楊逵先生，如始終不想再提而只以「遠行」說的陳映真兄，如林華洲兄，如李敖兄，如陳明忠先生，如施明德先生，柏楊先生，其中最令人難於置信又佩服的是林書揚先生，入獄一次三十二年才出獄，出獄後仍是那麼冷靜清晰的書寫著他唯物史觀的論述。當然台灣還有更多我所未曾認識與接觸的左或右，統或獨的綠島政治犯的朋友，但我卻在各種場合聚會中，不斷聽到，或從有限的文字資料中知道他們的愛情及婚姻；人世的，人生的悲歡離合陰晴圓缺再深甚者也不過如此，常有將之書寫的想法。林華洲兄身歷其境後寫的一首詩「綠島野百合」，一直鼓勵我持續寫下去。一次秋末與一位詩友在東海岸的交談中，更增加了寫

的勇氣，他舉了聶魯達的說詞「義務與愛情是我的雙翅」，聶魯達也說海岸線是世界上最長的一條線。而泰戈爾不也說不被知道的愛情是世界上最長的距離嗎？！

在寫著「西爪寮詩輯」時已動筆寫這本詩集中的一些詩，那時覺得「西爪寮」是夢土上的堡壘，也曾從堡壘的窗口偷窺著愛情的蜃樓。但從卑南溪的出口常看見綠島，這遙遠而模糊的距離使我延擱了情詩的書寫。如今只將耳聞別人的經歷和自己的感受交叉書寫成這本詩集的詩，心中仍有不安。雖然，文學也有虛構中的真實與非虛構的真實。

從書寫台東海岸、蘭嶼至綠島外獄書三本詩集可視為三部曲。而此詩集中最早的詩寫於十年前，只因我一直視之為不甚重要的情詩而耽擱在書架底層的抽屜裡。於今已是邁入中年，對於道德經中的「吾之所以有大患者，為吾有身」雖有所體會，但無法了然，猶如我們無法了然愛情在人類的重量，或許愛情與詩是同父異母或同母異父的人類的一種特權。因此我還是把偷渡似的默默寫成的三百多首一萬餘行的情詩分成二階段出版。詩應該是適合於朗誦和閱讀的，猶如對著情人或鄰居口語似的獨白與對白。

二〇〇七年是台灣解嚴二十年，這是一個巧合，也是一個可以安排的巧合，在二〇〇七年的最後一星期出版詩集，彷彿一個句點，但其實有更多的問號與驚嘆號。假如兩岸的關係是二次大戰後冷戰架構的延續，而現今的中國大陸已是人類無法忽視的存在，解嚴應是促成兩岸關係的良善發展，因此，解嚴的紀念以情詩的形式加以反省或批判，或對於個人與時代的歷史，對人的身體與心靈的觀照，也未嘗不可。

序詩

潮汐又退到了那塊礁岩後面
海岸線更加坦白而寬廣深遠
猶如詩的語言
猶如詩的歷史
等那些有閒情弄潮的人
那些漲潮時多出來的浪花
都退了潮也褪了色
我的詩猶如海岸線更加坦白而寬廣深遠
猶如浪潮在朗誦
猶如海岸線那麼平白直述而略有彎曲

例如海岸線寬廣深遠而略有彎曲
在稍有彎曲的地方與山稜線交會
與一條大河交會成一個人字形
彷彿一首詩的初衷與結束
我在他人給我的牢房中
看著他人為自己加蓋的牢房
從牢房中我看見夜空的閃電
從人字形星座中下降大地也是人字形
從一棵樹的枝芽中看見人字形

從牢房牆壁的裂縫看見人字形
從自己的人中和掌紋裡看見
我詩的初衷與結束

目錄 CONTENTS

輯四 偷窺偷渡者／ 157

輯五 誤時的時鐘草／ 219

輯一

共·同·的·看·守

將軍岩和美人岩

綠島的海邊有兩顆巨岩
不知是誰最先命名
他和她有了人間的距離
人間的相思和時間的傷痕
——將軍岩和美人岩
那是我們假想的塑像

那時我是共和國緝捕的將軍
妳是共和國的皇后
我們在夢裡，又不在夢裡通姦
在島的牢房裡裸抱
從身體的牢房裡不斷吹出
一粒粒泡沫
一粒粒渴望和平的氣球
在太陽下串連成彩虹

皇后已脫掉活該還活著的國王的外衣
證明自己的貞操
當妳打開牢房大門那一天
猶如打開古老的棺槨
看見棺槨裡的將軍
妳淚雨滂沱
承認我就是原來被放逐多年的國王

坐著身體的船

妳來，坐著身體的船
我在島上已感覺妳船的重量
使海浪漲起，再漲起，再靠近
妳船紅色，妳穿紅色
我的牢房綠色在綠島

妳來，腳步從海灘粘沙
我在島上已感覺妳身的重量
沙沙的聲音連著海浪的心跳
妳來，妳去
妳旋轉我的囚島妳成為最長的海岸線
我本以為那是沒有終點的循環
而妳探監離開的第二天
解嚴了——
（那是恍惚二十年的記憶嗎？）
牢房響起鐐銬敲打的進行曲和國際歌
響起海浪咬碎石粒的聲音

有三個同志先出獄
他們，後來成為三個黨的幹部
——彼此成為敵人

我在牢房裡望著囚島最北方
牛頭山上沒有墓碑的墳塚

已經死去的同志
彷彿站在我身邊，告訴我
他自由了……

如果，妳相信我也有他的自由
我隨時會站在妳身邊告訴妳
我不自由，我真正的不自由
我真正的不自由是從能自由的
和妳在一起才開始的
我的牢房以前的島
我真正的牢房是妳現在的身體
妳身體的船正載浮著我的靈魂

野草與藥

我原只是野草
因占有一片土地而有了自己的牢房
當我第一次占有妳的土地
妳就給我命名
我是這島上瀕臨絕種的馬兜鈴草
妳是瀕臨絕種的珠光鳳蝶
我是妳唯一的食物
是妳活命的藥

我們也是瀕臨絕種的詩人中
更瀕臨的兩個
身體和靈魂都可能被製成標本
唯我們不應選擇標本的牢房
何必在肉體的殼外又多一個殼
我們寧願是野草的藥
在被命名之前早已具有藥性
生死自己的肉體同時治療別人

我使妳死而復生
妳不確定身在何處
唯我知道（唯我是占有妳土地的野草）

妳成為高山杜鵑了
從雪地裡吐出紅花瓣
雪，卻是我頭上的白髮了

妳也逐漸忘記妳曾有藥性了
被保護在國家公園裡
國家和公園就是妳的牢房了
而我為了長得茂盛只得向山下退
當有一天妳不記得我的名字
我原只是魯迅的野草
在妳走過的路上悄悄吞沒妳的腳印
等著妳病危時
我仍保有治療妳絕症的藥性
只有我知道妳空虛的絕症裡藏的是什麼

無法戒嚴妳

解嚴二十年了
我彷彿還繞著一個島遊行
走過的海岸線並沒有增長
但堤防加高了，在島的邊緣
我提防著妳，二十年了
妳才告訴我曾經懷孕我的故事

我還是一朵流浪的雲時
妳是地球我必須繞著妳
妳是我的牢房我繞著妳但永不疲倦
而我其時，已笨重如一塊礦石
一直躲在妳身體的溫柔鄉裡
而我豈止，是一塊雲母，黑色的

而我其實，一直生活在夢中
妳送我的，送我去的囚島上
彷彿不知解嚴二十年了
從政治犯而泛政治
從提防著妳而不禁越獄強姦妳和
妳的民意，我的意淫，用手

同樣用手，拿槍犯罪，在不同年代
我被送進同一個牢房
在妳送我的，送我去的囚島上

想妳不同的身體——
妳是海，是海浪，是海潮

是戒嚴時的火燒島
解嚴後的綠島，例假日
一下子擁進三千大千觀光客
一下子塞進無法溢出的慾望
有更多的律師和法律保護妳
反而更無法藏匿妳的貞操

無法戒嚴妳的自由
妳的自由增廣了我的煩惱
我的煩惱造就了我的牢房
我是有正義感和責任感的人
可是我沒有機會和妳一起生活
一無所有自己才是自己的囚犯了
不適合當丈夫了我已是老了的父親

祖母綠與鴿血紅

那隻和平鴿衝出牢籠
為一個黨的慶典飛向空中
飛向空中就忘了黨人的歡呼
（其實牠從來就不記得）
逕向另一個牢籠飛行而去
飛行，飛行途中有一段自由
那是妳從螢幕看見的片段
現在牠向下降落了

妳在窗口看見
牠意外的衝向盆栽玫瑰
（妳內心的窗口看見他）
鴿子被玫瑰刺出血
妳看見了，妳看
那是我慣用的顏色——鴿血紅
我常用我的顏色
向妳訴說一種平等互惠的和平

那時妳伸手過來我握住
掌心碰觸有點刺痛
妳手指上的祖母綠戒指
真的是妳祖母送的台灣玉
如果那是婚姻的證物
似鴿子的腳環

證明自己能從一個牢籠飛向另一個牢籠
途中有一小段自由
妳我和妳我不同的黨都在追尋那段自由

妳黨的圖騰釉和妳的祖母綠
必須用三千度的太陽能才能熔解
我不是太陽我寧願只是月光
在雲翼裡透出一片鴿血紅，照著妳和
妳的雪紅——妳曾經崇拜的名字
曾經是共和國窗口盆栽的一朵紅玫瑰
已被移植五十年
死後葬在八寶山

心的卡門

風打開天空的雲門
陽光和鳥從門出入
風打開牢房放封時
就是我從夢中打開一扇門
在一個空地上繞圈子
惦記和算計妳來的時間

妳來打開一扇門
我的囚島就多了一個港口
只有妳來才能打開
我身體的心裡的卡門
在那個門口看見妳和海浪齊舞
我跟著踮腳轉身但立刻跌倒
我只適合面壁——
只能在自己身上閉門打造那支鑰匙
只有那支才能打開妳身的心的卡門
在那個門口看見妳跟著潮汐跟著魚
跟著春雷跟著雨從門出入彩虹閃電

妳不來，我就囚在這身體的牢房
在一個島的角落
在陰暗裡沉睡如煤
等妳用妳的昧火來燃燒
用昧火才能打開慾火的卡門

使我的身體由煤蛻變為鐵
使煤消失使鐵柔軟而鋼
而打造那支鑰匙
打開身的心的新的牢房
讓我們再在放封的空地相遇
在他們的監視下裸體相見
他們怎能知道他們
只是我們還在夢中的肉體
我們已是從夢中回來的靈魂

煮豆成飯

紅色相思豆是不能吃的
妳說是代表愛情
如果是代表紅色思想呢我說
妳把相思豆放在我掌心說
用心，用心中的自由煮豆
卻煮出未熟的綠色時能代表什麼呢我說
大學生曾經燃燒各黨旗
綠黨和綠色的黨不一樣的她們說
綠色理念和綠色革命是不一樣的他們說
綠豆比較消火氣妳說不要再辯證了

如果是煮豆燃豆箕怎麼辦呢
妳說呢，妳說用我的箕煮妳的豆吧
我們聽那沸騰不知是歡呼還是悲泣
在這個時代實在很難聽懂是誰在說我們
其時的我們其實只傾聽彼此的身體語言
在海邊剁開柴薪
妳的豆在妳身體裡滾熟
我的箕在我身體裡旺燃
（那些水用水蒸氣的語言
　努力著要衝出鍋壺的牢房
　那些浪潮用泡沫的語言
　努力著要離開大海的牢房）
我的箕努力著煮妳的豆

偶然聽見留在箕枝上的豆筴
爆出鞭炮的響聲
為所有的死亡和再生慶祝
我們在形而下的地方升起了
形而上的篝火
我們想用慾火燃燒為昧火
想把相思豆煮成白米飯

迷香草

在傳說中有著歷史的真跡
在歷史中有著冷戰的結構
在冷戰結構中有我們熱紅的理想
在理想中有著迷惑的迷香草

為了尋找傳說中的迷香草
我將成為妳的傳說
傳說迷香草來自深山的海洋
閃著月光一條條粘附在水上
迷香草有了配方
就是解開迷惑的解藥

傳說中的蝸牛黃
是活了一百年的蝸牛
沿著相思樹幹往上爬
白色粘液沾滿了黃色的月光
一條條金黃色絲帶
在陽光下成為瑪瑙的化石
這配方再加上雷公草
生長在海邊的深山中
雷響之後閃電降生之處
是雷神的眼淚在那裡滋長

我是妳傳說中的配方
妳聽過傳說中的我
使妳的相思例如不斷退後的海浪
成為記憶中七彩的化石
妳的眼淚落地也會如雷響
縱使我在傳說中的千里外
也聽到妳
當妳是一條無聲的閃電
在一條月光之後
當妳是在我理想的路上
使我迷惑的迷香草
當歷史的真跡只是傳說

傳說中的烏托邦
沒有傳說中的愛情

共同的看守

這是最後一個窗口
也是最小的一個天窗
彷彿只剩一顆眼睛向外看
我看見他帶著賊眼離開
從那窗口往外爬
他想越獄他必須爬過兩道牆
因為他有兩個牢房

我是他第二個牢房的看守
他是我的心猿也是我的意馬
他翻出紅屁股笑我把我從馬背上摔下來
他教我在樹林間翻滾跳躍
在荒野與驛站間奔馳

而他卻是我第一個牢房的看守
他必須依靠看守我的牢房而得衣食
我們互相監視互通有無
而妳
妳才是我和他之間的看守
也是妳我之間共同的看守
從那個最小的天窗
可以爬向妳的洞穴
妳在冰天雪地的洞穴修行
只為了等待我學會能自由的越獄後再爬向妳的洞穴

旗杆下的髮簪

曾經在戰鬥的隊伍前方
緊跟著吹號者擎起標旗的戰士
在登陸的海灘中彈躺下來時
眼睛看著山頭下沉的夕陽
手中的旗杆被海浪捲入海中
那時——
我以為自己即將死亡
從海水的光亮中看見鏡前梳粧的妳
把形如旗杆的髮簪捲入髮海

然而我確實沒有死亡
沒有枉死
在冷戰結構中

醒來時已是一個永遠的囚犯
不是他們給了我難於越獄的牢房
而是一條更長更細的繩索
例如海岸線一樣圍住一個小島
對妳的思念和期待
才是不想死亡的牽掛
才是一個更大的牢房

牢窗外的海岸線正如一條細繩
把一根失去船身的桅杆拉過來

例如妳的纖手把一根髮簪插入髮叢
海浪捲了起來
什麼時候才能告知妳死亡的消息
什麼時候讓我離開身體的牢房走向妳的海岸線

不必再化粧

妳來看我時不必再化粧
不必再讓我看到妳綠色眼影下
有著紅色的指甲
那暗示著不便認出來的或者說不清的
在綠色理念下滋長的紅色思想
我已了然那個規律
妳來看我時不必再化粧

讓我看見妳純淨的雙眼
例如忠貞的比目魚在水汪汪中向我游來
耳環例如忠貞的蝶魚搖擺著尾鰭
妳微笑的嘴唇
不是來說教條和口號
只是要告訴我泥土與草根的味道
告訴我一首詩的養份是否足夠供養死後的相思

妳來看我時不必再化粧
因為夢中的靈魂沒有顏色
正如我偶而去看妳
墳上的時鐘草和鐵線草
不知被誰換上了修剪過了短短的韓國草
我寧願相信那是我們夢中的祖國的兒女
終於來為妳祭拜

紫鯨色飛魚

兩隻身體長長翅膀薄薄的鳥
在窗外交頸而鳴後交頸而眠
看起來像傳說中的鳳凰
使我想起那一夜
一隻身體長長翅膀薄薄的飛魚
飛了幾百哩看見我窗口的光
飛到窗外時天就亮了

那一天的晨曦從紫荊色滲紫晶色
那飛魚的背從紫晶色泛紫鯨色
也許
她就是為了飛脫那隻紫鯨的吞食
寧願向黑夜中的微光殉身

然而海面也再變化著紙金色
似乎有千萬隻飛魚等著她回去
我在牢房裡悲傷無助
她的眼裡含著淚水
會流淚的魚都是龍女的化身
如果她是來殉身
我要吃了她嗎
她只是要奮力飛翔飛出她的牢房
她只是要在飛的過程中蛻變自己
她嚮往著我牢窗裡的燈光

第十四個冬天

妳也許不相信她們真的來了
而且讓我看見了她們
一大群飛魚例如風中飛起的一片烏雲一片雨箭一片箭雨
從牢窗外遠遠的海面上消失
然後是一群海豚弓著身子前進
等到那隻鯨魚出現時
已是第十個冬天了

第十一個冬天
那隻母鯨魚拖著一個略大於她的小島
海浪的漣漪連結為她的繩索
她噴著白水柱與霧花
以一長列火車前進所具有的動力
緩緩拖著古老年代的墳墓
在海上走著愛情與死亡的航線

第十二個冬天了
妳還在那裡拖著我
慢慢向那安全的地方靠近
其實還在不安的路上
我們以一長列火車所具有的動力
以那隻母鯨魚所要尋找的一種堅持
在大海一樣深藍的床上
使整個島震動起來

第十三個冬天了
也許妳不相信他們真的來了
而且讓我看見了他們
那些在理想的路上被犧牲的伙伴
他們的靈魂
例如風中飛起的一片雨箭
在牢窗外的海面上消失了
第十四個冬天了
妳還在那裡拖著我
妳在什麼地方都不安全

把頭往外伸

彷彿是清末民初的一個囚犯
脖頸夾著木板走在路上
我從牢窗看見那個漁夫
脖頸夾著游泳圈走在海岸線
我彷彿看見自己
因為我把脖頸夾在牢窗的鐵條上
把頭往外伸

像一隻螞蟻探頭望向斷崖
我看見牛頭山就似飯顆山頭
我看見那隻螞蟻扛著食物
彷彿扛著一粒飯
又像扛著一粒麥飯石要去築巢
去堵住將來臨的雨水

探頭望向斷崖對面
是另一個斷崖的（斷頭的）平台
平台如書桌
黑頁板岩層疊著書籍
瀰漫狼煙與荒煙
滋生蔓草和苔鮮的書籍中
那一本妳我共寫的詩集
——妳坐在書桌前
我們隔著好遠好寬的山谷

用盡半生的力氣
向對方吶喊——

黑夜隨著我們的聲音沉下山谷
月光再從聲音的上方漫漶下來
我們不只聽見還看見
月光踏在我們的聲音之上
從一萬二千年前形塑的斷崖兩邊
拱起了夜色中的彩虹
在我們的黑夜與黎明之間
在我們的夢與夢
我們的
身體與身體之間
我夾著我的脖頸彷彿夾著枷鎖
把頭往外伸

放風的一天

今天放封了
今天是我放風的日子
是我回到放風箏的童年的日子
享受著童年才有的幻想的特權
記憶如風箏回憶如絲線
我一個人在山坡上放瘋似的大叫幾聲
然後從羊群喜歡攀爬的山崖上
看著我的牢房
這視角如同從妳學院的頂樓
看著對面我住的違章建築裡
妳來睡過的小套房

海邊隆起沙丘和岩石
妳微微拱起肩膀
和乳房的斜坡
後面是很直很遠的海平面
一塊雲停在妳曲起的膝蓋上
燈塔頂起黑夜的帳篷
我從牢窗看著妳在那裡
妳來躺過的位置是我放封時
從海邊看著牢房的地方

只有此時與那時
是我享受著童年才有的幻想的特權的那時

是我的靈魂有特權暫時離開身體的牢房的此時
記憶如海面上遙遠的小島
回憶如海面上一條條白色的波浪
我從海岸線慢慢走回牢房
猶如從妳住的地方走回我住的地方
每次都以為我是走回到妳懷裡
或者更安全的地方
走回母親的子宮裡
或者是更安全的地方
我們的墓裡

島的重量

這牢房的燈光在海岸瀰漫過來的水霧中
泛白如在水中散開的漁網
從窗口飛撲進來的飛蛾
以螢火蟲的光游動出小水母的影子
那張開翅膀的燈罩
是一隻懸掛了許久的蝙蝠

我測試再測試
我相信
夜色才是妳派遣出來的蝙蝠
或是妳遍撒過來的網
從斷崖那邊向海岸緩緩降落
這夜色的重量
用所有霧水和露水加起來差不多等於是
遠方那個島

遠方那個島慢慢浮起來了
從海底
海底有更大的力量浮起來
妳的身體
以那個島的輪廓浮起來
那個更大的力量
是我的思念和慾望
從地底竄動著岩漿

將妳浮起來了
夜色加濃月色加金之後
妳島的輪廓更為清晰
深夜的重量更重了
妳島的周圍開始漲潮了
牢房的燈光已瀰漫在從海岸漂浮過來的水霧中

鮮花牛糞

從我們的童年
走向解放前
一條通往革命的山路上
我們自嘲妳我
牛糞與鮮花的比喻
我們解讀
唯物與唯心
下層結構與上層結構
在一條通往革命的山路上

真的看見乾扁的牛糞
像小路上被踏陷的眼睛
向著太陽凝視
需索失去的水份
在成為泥土之前
形如手掌
掌中央茁長出一株蒲公英
向著太陽解放黃色小花
向著另一條小路去下種

一路上我們自嘲妳我
其實已是蒲公英的種籽
各分東西各自去下種
我們仍走在一條未被解放的路上

並行的隊伍

記憶的土地上長出了回憶的藤蔓
記憶的山谷流出了幻想的河流
過去和未來是連接的兩條線
也是並行的光芒

我們曾經是並行的兩個隊伍
為了革命與逃命
在河的兩岸一面急行軍一面打招呼
我們學會走著睡
停下來休息時眾人開始打鼾
我們睜開眼欣賞風景
遇到敵人在前方埋伏
我們學著鳥叫打著暗號

在前進的路上
看見兩排非常長的螞蟻的隊伍
急著過冬搶搬牠們的糧食
如同我們的隊伍在山區中
我們的眾生彷彿都並行前進
我們學會走著睡
有時是兩個逐漸靠近的夢
沿著河的兩岸
逐漸拉遠距離

走到終點前看見一道竹橋
我們站在竹橋兩邊對望
敵人早已失踪
岸上的楓樹已紅過且生出白髮
我們不能停下來
那樣忘我的望著
會成為橋邊的柳樹
同時垂老
會讓回憶的藤蔓逐漸纏滿樹枝

照會

我在牢房裡學習地球自轉的技巧
使整座小島就像一顆行星繞著太陽公轉
我自轉成這小島中央升起的一座燈塔
海浪結著千萬朵花的花環
彷彿我是出獄了被夾道歡迎的英雄

然而我只是在牢房裡自轉的地球
妳遠方的小星看見我藍色的憂鬱嗎
我們必須照會
我們還在一個軌道上繞
我們還在牢裡
在隔壁的隔壁就是妳的牢房

牽繫住我們的已經不是例如牢房的肉體了
是在牢房外面例如陽光的思想
例如海岸線彎曲綿延的愛情
我們從各自的牢窗看見了它們
我們偶而照會
當燈塔的光和牢房的探照燈在我們的視線間交叉而過
妳心中的流星和我意念的閃電
在我們的視線間交叉而過
不管中間隔著多少道牆我們已然照會

他們的寂寞

遠方燈塔的光束
偶而會和監獄圍牆上的探照燈
在海岸的彼端交會
難得他們也是寂寞的
燈塔的守護者與堡壘上的衛兵

光束交會的剎那
常看到一顆流星墜向海面
有時也會有閃電
把那交會的光束分開

如同分開的兩條夜路
我們在路上各自逃亡
若能攀上閃電的繩索
我們就早已登上天梯
但我們分別被捕了
閃電變成綑綁我們的繩索

和我們一樣從牢窗看見遠方燈塔的光束
燈塔的守護者與堡壘上的衛兵
難得他們也是寂寞的

柵欄彷彿眼睫毛

我看見柵欄彷彿眼睫毛
在牢窗的框框間穿梭陽光
也穿插海上風雨
從風和雨的間隙
看見燈塔雪白的身軀
被雪白的浪花埋沒在雪堆裡
又從即刻溶解的雪堆中挺立而出
那光束
彷彿就是當日在風雨中
在風雪中相扶前進所看見的燈火

那時我們剛拆解一道柵欄
想以一排矮矮的七里香取代柵欄
圍著我們的家園和相思
耕耘我們的田地與思想
然而我們拆解柵欄之後出現斷崖
斷崖後面是一片空茫的汪洋
我們跳下去之後就註定分開了

我想不知在何方的妳有一天應該會看見這個燈塔
雪白的浪花升高拱著它的身軀
滾邊的浪花例如妳新婚的禮服
在風雨中又似妳奔喪的披衣
這風雨中的浪花

在柵欄似的眼睫毛中翻滾
使眼睛摸糊又開始潮濕了
一身堅強一生甘願或者無奈的燈塔
海洋是它的牢房
例如這島嶼
和島嶼上的我

不小心說的

牢窗外傳來嬰兒啼哭的聲音
若不是路過的村婦帶著小孩
應是探監的妻子抱著誕生的嬰兒
那一個丈夫這麼不小心
不小心的落入了一個牢房
不小心的我也是那樣

想起自己的童年
有一次
我不小心說十字架和觀世音都是三個字
所以都一樣
就被母親責罵得哭了
到了有思想的那一年
我不小心說十字架和觀世音都一樣時
我已是馬克思主義無產階級的無神論者
於是我就不小心的落入了一個牢房

牢窗外傳來海浪的聲音
牢窗內傳來妳昔日唸誦經文的聲音
妳是要來打開我真正的枷鎖
還是要來增加我的相思
什麼時候我才會再聽到
自己出生時嬰兒啼哭的聲音

呼叫與敲扣

妳躺在他身邊入夢後翻身向春天
在夢的海邊呼叫我的名字
呼聲如浪濤衝擊岩岸回音蒼茫
妳在妳的牢窗呼叫我的名字一次又一次

我在我的牢房裡渡過晚熟的秋天
我在她身邊入夢後翻身入冬天
在夢的山谷呼叫妳的名字
呼聲如瀑布劍擊岩岸回音鏘鏘
我在我的牢窗呼叫妳的名字一次又一次

一次又一次
那聲音可以隔牆入耳
例如聽見彼此咀嚼食物及穿衣咳嗽
這聲音沒有牢房的牆
和時間隨時隨地存在
一次又一次
至彼日妳來輕輕敲扣我的牢門
如輕輕敲扣我的墓碑
如我輕輕敲扣妳的棺槨
彼時我們已能比鄰而臥
那呼叫與敲扣的聲音沒有牢房與夢的圍牆

颱風

颱風來了
大一點再大一點的颱風來吧
颱風是逃亡者腦海中的革命軍團
如果能把牢房解放
就是最自然和最光榮的解放

然而也可能只是戰爭中的轟隆之聲
颱風來了
我聽見它拔起一棵麵包樹
甩向木麻黃那邊
它靠近我住的碉堡
我的碉堡看守著我的牢房
我的牢房前方一片待割的水稻田
水稻在風中一株株飛起
一枝枝黃色雨箭向天空倒射
稻穗濺散如雨點
如子彈
這是一場戰爭嗎

那是一場戰爭
在祖國故鄉的大地上
戰爭在搶收農民的稻穗
而颱風中飛濺的稻梗和稻粒
那些血汗

反打著自己的身體

來吧風的大軍團
看得見的風的具體形象
從赤道開始向熱帶向亞熱帶
我注視著妳
我注視著妳的颱風眼
在妳身體的中央
真空而寧靜
曾經是我渴望棲息的胸腹
而今燃燒著炙熱的仇恨

彼此背叛又彼此繫念
如高氣壓中捲伏著低氣壓
妳吞噬了
戰爭中的愛情搶奪了農民的糧食
這人類歷史前進的兩個因素
妳不能帶走
妳只能帶走我的牢房
妳只能帶走我
颱風來了
颱風來吧
颱風是逃亡者夢中的墓穴

囚衣的線條

這囚衣的線條彷彿斑馬
彷彿蛻變成蝴蝶前的毛毛蟲
彷彿雨傘節的蛇蜷身冬眠
例如站在海裡的海馬
在陽光中與蝶魚擦身而過

例如還沒有被捕捉前的斑節蝦
腦髓裡還充滿著綠色的理念
看著海面上垂掛下來的氣泡
彷彿一排母羊的乳頭
我們蝦似的瞎似的吸吮
然後我們掙扎
我們掙扎在水煮的鍋裡
我們革命似的充滿了紅色
在死亡之前

脫下囚衣隨意丟在床上
彷彿被剝棄的蝦殼
彷彿變形失敗的毛毛蟲
我們習慣赤膊著睡眠
彷彿那樣睡著了
我們就如同解放了
如同睡在自己的家中

燈塔

夜已深了
夜色在黑頁岩與磨刀石之間
閃過燈塔的光束
瞬間把天上的星芒磨得更亮
讓燈塔站得更直

再轉一次那光束
夜更深更深了
燈塔削出了光刀
削掉半個山頭
另一個山頭彷彿蹲下去閃過
光刀斜斜削掉半邊海岸
一部份海浪瞬間飛濺成粉末
一部份海浪堆成不動的雪堆
這燈塔是辛苦的
齒輪在裡面努力旋轉
向遠方的船隻
以光的亮度吶喊

這燈塔是委屈的
塔邊的牢房裡
囚著這世界冷戰下
許多偉大的靈魂

儘管有人將偉人比喻為燈塔
但燈塔下的銅像已經不見
會發光的燈塔才有存在的意義
但縱使是燈塔的光
也無法伸進遠方的另一個島嶼

這燈塔一身雪白
而全世界的燈塔都是白色的嗎
它們占據一個港口
彷彿扼住世界的咽喉

垂淚碑

垂淚碑流過海浪一樣洶湧的眼淚
淚珠都凝結成碑上的光芒
光芒閃著和平和平的吶喊

垂淚碑背後的山壁
還在陰影下
像一塊大墓碑
曾經吸納槍決的槍聲
磨擦過手銬和腳鐐的鐵銹
接受無數的海浪伏下膜拜
像風一樣叫喊
像雨一樣消失的名字
在大墓碑上留下一個奇怪的名字
——莊敬自強

圓規的基座

太陽下的影子
和風
都靜止了
連海浪也靜止在那裡
成為妳腳下劃的圈圈

妳的圓規
妳的身體
妳島嶼上的燈塔
燈塔的光束
以圓規的軸
從海岸線開始向外劃圓

海浪開始動了
一層層向外擴展
妳島嶼的裙褶
凝固的白色和紅色的珊瑚
已溶解淹沒在擴展的海浪裡

入夜了
月光下的影子和風
又都靜止了
我的身體是妳圓規的基座
陽具突起

燈塔頂起黑夜的帳蓬
燈塔旋轉圓規的軸
劃出了無數的海浪的圈圈
圍住了我也困住了妳
在這島嶼
白珊瑚與紅珊瑚的床上

雨點敲打著岩壁

雨點敲打著岩壁
雨點從海浪的上面走來
一路敲打著岩壁
從樹葉間來到窗外
雨點敲打著牢窗
叮叮豆豆……
例如
心中千萬隻剛孵化的小鳥
以尖喙啄破了蛋殼
白色的雲層似的蛋殼
在雨幕中現出了一個洞天
——慢慢的天晴——
千萬隻鳥從雨點消失的地方
振翅飛向雨點來的地方
從牢窗飛出去
飛過樹葉間
飛過岩壁
飛過海浪

海中誕生的斑馬

一朵雲飛過牢窗柵欄線條分明
彷彿一對蝶魚游過海草
一隻海馬游過珊瑚
雲稍稍偏移
光線進入水中
彷彿一枝箭射入夢裡
射中捲縮的我
光線射中海馬
牠們都彎腰鞠躬而行
彷彿一群被反綁手臂的囚犯
走向光影交錯的邊界
一群海馬形塑成一隻
海中誕生的斑馬

海中誕生的斑馬
在海底地殼上奔跑起來
塵土飛揚沙粒如氣泡
（我在牢房的夢中奔跑於草原上）
那隻斑馬
彷彿時間的形相
永遠不被人類馴服駕馭
拉著陽光的馬車
躍過海底板塊間的海溝
彷彿那不被人類駕馭的愛情

我騎著
猶如在海底騎著一隻斑馬
追著一群海馬
去尋找妳說過的忠貞的一對蝶魚

思念如同春筍

思念如同春筍破土
殘餘的寒霜在筍尖溶解為淚
思念如同翠竹在風中搖曳
思念如同在季節中度過了一甲子六十年的黃竹開花
思念如同晒衣服的竹竿
竹竿披拍著我們的衣服
思念如同自己手上拿著一雙竹筷
停在半空中
食不下嚥

這筷子的存在是因為成雙
是因為在東方在中國在閩南在台灣的農村
是因為從台灣的農村至閩南至中國
至冰天雪地的東北帶著紅色思想回來
就進了牢房的五〇年代
手裡拿著一雙筷子停在半空中食不下嚥

是因為知道這筷子的存在是因為成雙
然而我們各自孤單
各自孤單的筷子會如一支箭
被設計好的弓被一個支配者射出去
用自己的身體去傷害另一個身體
用妳的箭射我吧
穿過海峽穿過山脈繞著一個島

如同繞著一個星球
然後穿過靶心穿過牢房的窗口
妳的箭射入我的身體
或者用我的箭射妳
如同那一夜
我的身體射進了妳的

思念如同空擺的筷子
如同空擺的髮簪
殘留的髮絲在風中搖曳

仍是無悔

午夜了（牢窗彷彿蒙面者的眼框）
從海岸瀰漫而來的水霧
在月色中仍有沙沙而來的腳步聲
這蒙面的偷渡者或是偷窺者
請你把蒙面拿下
請妳是妳
請妳和我裸誠相見

然而這霧彩被一聲犬吠給叫散了
從牛頭山上眾多無名塚中
傳來了吠月的嗥叫
月亮果然從海面一聲聲升高
浪聲隨著月亮節節後退
我
想要把牢窗的鐵條扳開
我寧願是狼人
聽見牛頭山上妳的幽魂
以一隻母犬向著月亮叫春
我寧願是狼人用力把鐵窗扳開
彷彿昨夜剛剛才行刑
一聲槍響
我仍聽見妳高喊「人民民主萬歲」
妳把妳的紅絲巾
綁在我的號角上

在更久以前的那一夜
那也是一聲槍響
我們如同喪家之犬到處流竄
我們要找一個聯絡站
我們要找一個家
我們找到了自己的牢房
找到的是冷戰結構為我們建造的牢房

如今
妳的牢房在牛頭山上的墳塚裡
午夜了
從海岸瀰漫而來的水霧
在月色中仍有沙沙而來的腳步聲
定然是妳又來造訪我了
定然是妳又耐不住那百年的孤寂
來吧
我和妳一樣仍是無悔

只看見妳的雙眼

滂沱大雨把小島覆蓋在網中
彷彿慢慢沉浸在海裡
從牢窗看著海面
彷彿浮潛在海面
看見妳在我下方緩緩游動
經過兩顆星形的紅珊瑚
經過這個小島引以為榮的
一百年才長一吋已有一千兩百年的珊瑚樹
彷彿一千兩百年前我們就如此游過

然而我只看見妳的雙眼
似在水霧中被淋濕了
卻努力閃動著翅膀的蝴蝶
妳說過的那人說蝴蝶是花的靈魂
妳說著她們一再爭論的話題時
我只是野草似的漫生著我的思想
當滂沱大雨把小島覆蓋在網中
從網中水霧般的記憶裡
我只看見妳的雙眼

輯二

用·翅·膀·走·路

當我將妳寫就

今天我用手指沾著口水
如同嬰兒吸著奶嘴
我用手指沾著口水在牢房的壁上寫一首詩
我寫被母親抱在懷裡的那段日子
如同群山抱著一個小小的有如澄澈眼睛的湖
如同海洋抱著一個沉睡中的涎著口水的小島
那段日子雖然也如同在牢房
然而那段日子有著無知的快樂

我用手指沾著口水在牢房的壁上寫一首詩
口水在牆壁上乾了就留下指痕
指痕在牆壁上埋沒了就留下血跡
我在寫一首給妳的漢詩
當不自覺在壁上畫出妳裸體的曲線
妳其實就是一首沒有韻腳的漢詩
一首沒有格律的自由詩

妳適合我在暈紅的燈光下閱讀和朗誦
我的手指摸遍了妳的每一個字
妳的每一個關節　每一個穴道
摸遍妳的每一條血脈　每一個細胞
當我將妳寫就
就不容許也不能更改任何一個字
因為那是一首千年漢詩語系家譜的詩

那是我們的骨肉
那是一條壁上的裂縫
一條可以走出牢房的光束

燙傷與燙金

每一個字都必須如草根或枝蔓
從他們例如牢窗的眼睛
從柵欄的縫隙穿插而過
書寫親情的信最安全
書寫愛情的頹廢更安全
我們把一行詩寫成一段愛情小說
我們把一個字拆成一百個字的密碼
就那樣
妳在冬季最後一天寄出
三年集成的一本詩集
我在春天的翌晨收到時
和我寄給妳的詩集
在國際換日線交擦而過
詩集的封面
有著燙傷與燙金的閃光

妳詩集中詩句的落葉
在我土味深厚的詩集裡
竟能生根發芽
例如落地生根哦落地生根的一種花
與知風草的骨節
從詩集夾頁穿刺而出
就這樣
又過了一個冬天

例如把兩個手銬輕輕敲響
又例如把一扇門輕輕打開
把兩本詩集翻開在同一頁數
讓它們面對面吻合
那一頁那首流星和閃電
在妳我吻別的剎那
那一夜那顆流星和閃電

紅布巾

從聶魯達寫給西班牙內戰中的詩人的詩中
我尚能逃離牢房中孤獨的個人主義
當我的眼睛想要休息望向牢窗
牢窗不知何時被掛上了一塊紅布
我猜測是妳來了又走了

我猜測妳把紅色裙子掛在窗邊
我從西班牙內戰的詩中
在激進裡激情起來
因為凝視而充滿血絲的眼睛
我似一隻西班牙鬥牛
從奔馳中的荒原被牽繫在鬥牛場中
掌聲與歡呼聲似海邊的海浪站起來又坐下去

我注視著紅色
注視著妳紅色的裙子
記得那時
我滿臉血紅
和妳爭辯紅色思想與顏色革命
向妳說不清楚托派與機會主義
注視著妳半折開的紅色裙子
我似一隻西班牙鬥牛
因為專注於紅色而逐漸靠近陷阱
身上被刺了他的劍與箭

仍然向著紅色的方向前進
不因為色盲或者潛在的仇恨
是生命裡一個盲點或誤區
不像每一隻鬥牛都宿命的死於長劍下
不能像每一隻鬥牛都死於紅色的盲點

我把牢窗的紅布拆下
像一條圍巾一樣綁在脖子上
從天空的鏡子我看見自己二十歲那年
走在紅軍的前面吹著號角

在身邊朗誦一首詩

要看見真正的海
請站在我的身邊朗誦一首詩
我被囚的小島就是一艘大船
我的牢房就是大海中的方舟
什麼時候我才能靠近陸地
親吻妳的泥土

夜夜我聽著海浪為我朗誦一首詩
我的耳朵已凝固成貝殼
水化的詩行
如蟹跡羽爪埋入沙裡
我想用手在沙灘上扒抓
使沙攤受傷
使皮膚受傷
使受傷成為記憶
使記憶不再受傷

我看見真正的海
站在妳身邊朗誦一首詩
我剛從海中的方舟醒來
讓我成為妳的囚犯
妳水中最美的詩人
在冰雪裡被燙傷的詩人
讓我成為妳永恆的囚犯

我能輕易親吻妳的泥土
當棺木似的方舟
已將我們深埋在
曾經共同躬耕的土地裡
而真正的海就在我們身邊

熄燈號

熄燈號以前
要寫一首詩還是寫一封信給妳
放下筷子拿起鉛筆
例如一個老人拿著拐杖站在十字路口
遠遠斜斜的路燈
把他的影子固定成路樹
我在燈光下蹲成一尊有思想的雕像
努力寫一首不成行的詩
其實
都是一封寫給妳的信

熄燈號以後
愛情的相思加上思想的沉重
身體在床上扭動
翻滾著不成行的詩
睡神站在窗外
站久了請移為門神
擋住死神的影子
一首不成行的詩
其實
已是一封寫給妳的訣別信

兩個字

被關在圖書館裡的一本書
不知何時才能被妳閱讀
看著妳從我面前走過
書上的塵埃落在妳的髮梢上

妳從圖書館拿出來的一本書
放在我牢房的枕頭下
裡面夾著十年前我寫的一首詩
一首詩從太陽那邊成為文字

從妳身體俯拾影子
向月亮那邊飛行而去
我寫著那首詩
在一個逗點上停頓

在一個海洋中的小島上
在妳的身體上停頓
妳仰躺成一個字
如水伸展四肢

在水中找不到妳的影子
必須有光
必須有我
我的身體從上方張開成一個字

如火伸展四肢
用手指在水中點亮妳的燈
點亮我們的火把
我寫著那首詩從太陽那邊成為文字

文字是除不盡的野草

用筆
在妳給我的
影印過又被搓揉過的紙上寫詩

用鋤頭
在我占領了妳的
凹凸不平的土地上除草

用筆在毛藻的白紙上寫詩
用拐杖在鬆散的雪地上走路

用筆象徵手指
在妳優雅的身上寫詩
我的心跳妳的呻吟
都化成文字

文字是除不盡的野草
是雪地上很快消失的腳印
也是可以使妳懷孕的精卵
是燃燒後的灰燼
灰燼中瀰留的火種
是妳的聲音妳的眼神
文字誘使我
用筆
伸向妳的一片汪洋

海上的文字

海上有一些文字
在象形與會意之間
在妳和我這兩個字之間
有太陽的花紋和水的版本

只有星星的眼睛看懂
只有雲的毛筆可以模擬
我把它影印成
天地間一張薄薄的
但永遠讀不完的詩

要把它影印談何容易
在妳和我之間卻很簡單
我早已把它寫在妳的身上
妳就是海
在妳的背上寫一個海字
在象形與會意之間
水的母親抱著嬰兒
妳就是
海
我在妳的海上游泳
我是妳的嬰兒
海上有一些文字
我正學習閱讀

交匯復平行

遙遙相望的兩行詩
彷彿相隔一千二百年
妳我是詩句下被押韻的兩個字
我們在那裡眨眼喘息
在那裡閃亮
伸出字的手腳互相勾連

在人們的眼光和朗誦中
我們似乎感覺得到彼此的體溫
我們同音不同字同字不同義
如妳儂我農你籠我聾
相隔一千二百年不變形的
我看見妳的女字形
我看見妳的眼睛
和雙腿交叉的身體

然而我們已掙脫那首詩的枷鎖
掙脫那些格律規律和道德
例如白素貞已掙脫雷峰塔的重量
掙脫文明給的衣服例如法海的袈裟
我們赤裸奔逃在兩條河流中
水花濺入樹林和天空

我們向出海口奔逃
我們聽見彼此的心跳
我們聽見海浪
我們在出海口如海浪互相擁抱翻滾
如水溶於水
如沒有兩岸的兩條河已然交匯如女字形
如已沒有押韻和格律的兩行詩
要平行一千二百年

含笑的鐘聲

隔著夢或者前世的記憶
我望著蒙娜麗莎微笑的一張畫
在妳背後她含笑著含笑花的香
在她背後的田園逐漸清晰
一個烏托邦桃花源的輪廓
妳看見她背後消失不見的農夫
妳看見的是我
是我走進了一個烏托邦
想耕耘一片桃花源
是我走進了一個烏托邦
隔著夢或者前世的記憶

彷彿聽見鐘聲
從她的背後傳出來
達文西的筆桿
撞擊了那口鐘
或者像是在她背後消失的
米勒在祈禱中聽見的鐘聲

那一天我會是那個修証者
死後仍能用我細瘦的白骨撞擊一口鐘
在妳背後傳來那鐘聲時
妳不要回頭
請繼續含笑著看著前方的我

略為彎曲

那時妳問我為什麼食指和中指略為彎曲
例如背向陽光伸長的樹枝
或稍為拉直的弓
我告訴妳是因為長期過於用力的寫作
握緊了筆想要力透紙背入木三分
在木板釘成的桌邊妳弓著背影
脖頸略為彎曲的追問

為什麼食指和中指略為彎曲
例如伸向陽光的竹節
或稍為彎曲的箭
是因為長期過於用力的彈著吉他
在海岸和堤防間的工寮裡
和海浪與河流爭吵時
彈著我和勞動伙伴們最簡單的樂器

為什麼食指和中指略為彎
因為在勞動中以為自己是哲學家或思想家
因為營養不良鈣質流失後天不足
因為仍然握住牢窗的鐵柵不放
曾經挑動著妳身體敏感神經的中指與食指
為什麼略為彎曲
例如兩個並排的問號

用翅膀走路

幾隻村莊裡的野狗在牢房外狂吠
我在一隻囚籠內的老虎的夢中醒來
我是被他們叫醒還是被他們的叫聲驚醒
我用老虎在森林的夜色中發光的眼睛
從牢窗看著夜色中發著同色光芒的月亮
我似乎也想狂喊
但我必須再忍
我已忍了二十年不能因一聲狂喊
而失身為吠月之犬

因為我本楚狂人
因為狂歌笑孔丘
所以在牢房裡聽著野狗們在牢房外吠叫

牢窗的鐵柵
今夜必須拔下來當牙籤
或者成為製造樓梯的鐵條
不然也應該可以編成翅膀

從牢窗看見海邊飛過的信天翁
從波浪上升為雲彩
祝福妳

但妳不是波特萊爾筆下的那隻信天翁
我們都不是那麼高飛的詩人
因為我們沒有七萬五千法朗
可以再去贖回被典當的繆思

妳的憂鬱比我的原罪還重
我們加在一起怎麼飛得起來
早已忘了飛了
甚且不知道自己已用翅膀走路
在腳鐐的叮噹聲中
聽見家門開啟門環相扣
開門的是天堂與地獄的使者
同時出現
我們準備看著他們爭論我們的是非

我們都是動物

天色彷彿觀望的眼神
隨著心中的太陽變化
心情例如快速飛過牢窗的雲彩
太陽在所有色彩的核心
用光形塑各種形相
例如鼠牛虎兔的生肖
也在牢房的牆壁上逐一顯現
牠們各有居住
鼠窩牛棚虎穴兔窟龍潭蛇淵
馬廄羊舍猴林雞寮狗屋豬圈

牠們各有牢房與我為鄰
各有喜怒哀樂的聲音
在我的夢囈與鼾聲中
各有悲歡離合
彷彿我也曾是牠們
彷彿我已能與牠們對話

我們都是動物
只是因為我尚能用手在紙上寫字
在紙上寫一首詩
我和牠們一時區隔
區隔在彼此的牢房裡

銀色的象形文字

金色陽光包裹著一條蜘蛛的銀絲
我用這條最富彈性與韌性的絲線
從牢窗的一角
從眼神的中心
把也是被金色陽光包裹著的銀色海岸線
慢慢拉過來
如同拉著妳掛著金色戒指雪白的手指
慢慢走向床邊

例如那條包裹著黑色而實在是金銅色的電線
承載著露珠和雨水
從山谷這邊俯身下垂至對面山谷緩緩再升
我的相思
我思鄉的念力隨著電線流向對面山谷

也許妳正俯身栽花或者蒔草
妳從一個旋轉的舞者成為一個躬身的農婦
在我的夢中增加了我身體的重量
例如那條電線因地心引力而下垂如琴弦
例如這首詩
這首詩以銀色的象形文字書寫在牢房的牆壁上
以金色的梵文出現在電腦螢幕上
細細的細細的如蟻隊的文字
例如那條絲線那條海岸線

延伸至妳住的地方
至妳的床沿
至妳身體的曲線

紅男綠女

我們曾經走在唐朝往宋朝的路上
一首詩的路上
看見一個朝代在身後一個在前
隨著一群囚犯往邊界
我們是一對隱名的
紅男綠女
路上人們的指指點點
已成為城牆邊斑駁的碑文

現在我們走在兩岸之間
兩種意識型態
兩個海底板塊撞擊
隆起的山稜線上
我們頂著紅色太陽和綠色星光的帽子
我們看著紅頭嶼和綠島的燈塔
我們脫帽向它們
向對方行禮
並認真的凝視對方在紅色思想和綠色理念之間
在二十世紀向二十一世紀的路上
我們是一對
紅男綠女

脫掉我們的衣服
脫掉那些思想和情緒

在肢體之前
在文字和語言之後的偽裝
以最初的坦誠
以皮膚和最後的武器
以生殖器向對方繳械
征收汗水體液
蒸發愛情留下最後的鹽
礦物質和含金的沙
不怕火鍊
在燃燒之後
紅服綠衣已是翅膀
可以飛回宋朝向唐朝的路上
一首詩的路上

另一種回答

我生長在這島上最偏遠的山谷
一生務農的父親去世後
留給我一身要還的債務
和一條與人共產的河流
猶如一棵終於會走路的樹
沿著河流的源頭
翻過分水嶺
想去找一棵最高最初雲長成的樹

一路上告訴妳這一段童年的記憶
已經是隔了很久很久以前的事了
我走了很遠很遠的路
來到
這島上最高學府的門口
等妳
那大王椰子沒有大王的冠冕
隨陽光縮短的影子
以時間的長度
伸過杜鵑花叢

微金的陽光鍍金著校門
已然赴美鍍金歸來妳站在校門口
妳已為人師表準備步入中年

在校門口我們相遇相望
恍惚隔世必須再相認
我手中還握住泥土的溫度
（只有農夫或者剛從墓穴裡復活的人才能握住泥土的溫度）
我想和妳握手
交換知識學位之外
徒長的一首詩
或僅存的一次愛情

在眾多學生面前
在學院大樓下
在十字路口
妳是否沒有時間
妳是否故作匆忙
妳不敢回答我再次要問的問題
只說下次再見

張著嘴唇的校門口
能言善辯的學院
如終沒有解答
當世界糧食不足
但稻米價格為何下降
當世界糧食過剩
但仍有人活活餓死
當知識如書籍疊層升高
資訊網如閃電的指爪遍佈人腦
而思想逐漸匱乏

不必再爭吵

我倆不必再爭吵
別人的戰爭已結束
我們就不必再爭吵
我們去收集
田野上散落的炸彈

在我們用金線框起來的島上
掛滿炸彈殼製造的吊燈
在戰地醫院裡
擺滿炸彈殼製造的花瓶
在學校或教堂或寺廟
吊著炸彈殼製造的鐘

我們不必再爭吵
我們在吊燈下閱讀和平公約
在花瓶裡插上紅玫瑰
在鐘聲中
合掌

謊言與花籃

我編織著謊言
像那隻猴子認真專注
用力的編織著花籃
看起來愚蠢又可笑
看起來就不會編織成形

可是那謊言會變形
在猴子的夢中成為氣球或泡沫
那謊言是那麼輕浮無力
卻和夢一樣真實
真實的重擊了妳的心

我編織著謊言原是希望
用最輕的力量
使妳重重的下沉
再下沉
直到我的影子被妳壓在下面

我感到不如就此死亡
那謊言就是我還深愛著妳
卻說成已不愛妳
妳詛咒吧妳笑吧
如果前世我真是那隻猴子在妳面前編織著花籃

出發時的樹

我們從不同的地方出發
一路上在不知名的樹上留下暗號
甚至在樹上隱密的留下名字
當時怎麼也想不到
我們會走進同一個牢房

在夢中我們回到出發前的一棵大樹下
看見那道陽光
射裂了那棵大樹的樹皮
陽光沿著白色乳汁
向下流到根部
從根部探索泥土的味道
那大樹的血
回到泥土裡尋找自己遺失的精液
它的記憶是一種液體

我們再也無法攀爬那棵大樹
因為有太多慾望的包袱了
無法爬到上面學習飛行
我們渴飲它的乳汁
而不知它的名字

它的葉子可以容納
一千億個甲骨文字的變形

我們用那種文字在樹葉上寫信吧
不去想是否在二十一世紀的網路上發光
為了不再走進同一個牢房
我們重新出發吧
那些我們隱密寫下名字的樹
都已長得好高好大
用它們百千萬億的葉子
在風中呼喚著我們

雙重火焰

我用黃昏和黎明兩種顏色的火焰
燃燒黑夜深處妳的草原

要妳從黃昏走向黎明
如一個水泡走過海洋的夢境

妳只是經過黑夜
不要在那裡定居
這只是一次輪迴

黑夜只是燃燒一根蠟燭的時間
黃昏和黎明的火焰
從兩頭燒盡黑夜

我從童年的山上和老年的海邊看著現在的妳
現在的妳還燃燒青春的火焰

我以燃燒一根蠟燭的時間看著
看著妳以燃燒一根蠟燭的時間
走過黑夜的身體

從生到死
我以情和慾的雙重火焰
燃燒黑夜深處妳的草原

水草在那兒茁長

妳的體溫在那岩石上
形成一個凹陷的水澤
水草在那兒滋長

妳的影子曾經被壓扁
在那岩石之上
在我的身體之下

那重量從岩石浮上來了
體溫和水澤逐漸蒸發了
向天空伸出了觸鬚

被時間磨亮或是被損耗
岩石龜裂的皺紋
半瞇著悲涼的眼睛

這岩石曾經躺著的妳
這岩石鑿挖的石棺裡
形成一個凹陷的水澤

妳的體溫在岩石的壁上形成了圖譜
此時我在牢房猶如在石棺裡
從牆壁龜裂的縫隙看見水草在那兒茁長

在呼完口號之後

在呼完口號之後
繼續背誦頌文
用那些聲音的口音
在齒舌與喉結之間
刻意的把妳唸成女

回憶的把妳的身體看成女字形
無意的把女字看成一隻魚
看成一隻眼睛
一個花苞
一粒米

看見兩片落葉
在空中重疊了乂分開
落地時無聲
再看時已腐敗為泥
為妳
這樣過了幾個冬春
軍列式的生活
整齊的步伐走過牢房的窗口
在呼完口號之後
繼續背誦祈禱之詞

雨中的塵埃

跟著雨的腳步走出了牢房
在雨夜我臨近妳的窗口
與夜色一起駐足良久
我就是雨了
用每次滴落時意念的生滅
如雨滴輕輕敲擊妳的窗
我滿身塵埃
每一次敲擊都留下一點
在妳明淨的窗上

我就等著妳發現
書房的光線晦暗了
臥房的窗簾陳舊了
我就等著妳走近窗邊
用手擦拭窗上的塵埃
我的塵埃隨著風從窗口進入
落在妳書桌上
粘在妳床上

這是我非夢似的幻想
而真正的夢裡
我身體的雨絲
已冷卻為雪
更冷一點吧

使雪硬成冰條
垂在妳窗外恍若隔世再看見妳
我就等著妳打開窗
那時我若沒有在陽光中溶解自己
就會被妳開窗的手指折斷
我就可以感覺到妳手中短暫的溫度

或者從真實的夢中醒來
回到更真實的夢裡
我只是被一輛快車駛過泥濘路上
車輪下飛快濺起的一塊爛泥巴
準確的粘附在妳的窗上
在逐漸乾硬中
一面看著妳一面滑落
或者寧願是被濺起的一小粒石子
擊破妳的窗
只為看見妳驚詫的回眸

在放風的海邊

當身體對著靈魂放封的夜晚
在放風的海邊
在放風箏的季節
我們躺在有貝殼和珊瑚礁的沙灘上
我們疊著的重量
例如月光加在露水上

我們的力道例如那最強的海浪衝擊
把妳裸露的脊背翻轉過來
從背後作時
看見妳背脊上貝殼和珊瑚烙印的痕跡
妳不怕痛
月光下閃動著妳汗水的珍珠
我用舌頭去尋找
大海灌溉過的一朵小芫花
一顆在貝殼中會發紅的珍珠
用體溫使它再變得粉紅

在大腿兩側看見彎曲的海岸線
隱沒的腳印例如腿上浮現的齒痕
在月光下排列著稻穗般的花環
閃亮著鸚哥魚鱗片的藍綠羽狀
在我們的身體之間
月光滲進來擠出了汗水

那些還活著的貝殼和珊瑚
都浮出海面讚嘆
我們怎能停下來
當身體對著靈魂放封的夜晚
在放風的海邊

看著妳的眼睛

看著牢窗外的風景
看著相片框裡的風景
看著相片裡
妳的眼睛
看著妳眼睛裡的遠山
我沒有看見
自己眼鏡片上的塵埃
當妳也同時如此的看著我
我看見妳眼鏡片上的塵埃了
它似乎停在妳靈魂的窗口

我想寫一首詩像一隻洗淨的手指
能擦拭那些塵埃
我用筆在稿紙上不斷書寫
我忘了自己還是看不見
眼鏡片上的塵埃
只看見稿紙已佈滿灰塵
灰塵上幾隻螞蟻走過的足跡
我用寫詩的筆尖和力道
推開那些塵粒
在螞蟻的足跡旁略過
字句突然脫節叉開
如一條河流碰見巨石
在下一段河道又復合還原

如後半生還有
或來世還記得
看著妳的眼睛

好不好

隔著柵欄
妳在電話中問我
在高山上問我
在海邊
在飛機上在雲裡問我
好——不——好

聲音長如電話線牽引的那端
長如高山下的溪流
長如海岸線
長如飛機和雲磨擦的金線
那麼長的問好
我回答很好

聲音如斷裂的岩石或高聳的海浪
我回答很好的時候
眼淚已從眼角流下
沿著柵欄
沿著鐵窗
沿著電話線沿著溪流
沿著海岸線的皺紋
沿著雲的流蘇
當妳問我好－不－好
我聽到時已過了十年
當我回答我很好

互相餵食

用讀妳情詩的精神
研讀妳送給我的佛經
在一直讀不懂的那段
常因誤讀而進入誤區

期望在深谷裡放生眾蛇的
智慧寶劍
握在似笑非笑的文殊菩薩手中
另一個不知名的菩薩
與飛天女神交媾在畫像之外

我深記釋迦文佛
割肉餵鷹捨身餵虎的故事
如我是那隻飢餓的鷹
妳是那隻垂死的虎
我們相遇在牢房中
我們互相餵食吧
用我們殘存的肉體
我們一面給對方
一面進入對方
一面看見天堂
一面看見地獄

距離

這床是一塊浮動中慢慢溶解的冰塊
從北極要流向南極
如何經過赤道而能保持完整

而從南極向北極依偎的距離
例如裸身的我們
在床上保持著距離
深怕一碰觸對方就會碎裂
或者就開始溶解

這距離
就像我從牢窗看著妳的天窗
就像在親情的骨頭裡
看著愛情的野草在髮上恣長
當墳塚前的墓碑看著親人逐漸走遠

例如水火不容的思想或宗教
這距離
在兩座山頭之間一線蛛網
兩條河流之間一排腳印
這距離只要我們翻身例如造山運動
一百萬年的時間只在一念的當下
我們必須把冰和火
一起合為水
一起釋放出自己的牢房

哦，對不起

哦，對不起
我身上的土氣
指甲裡的泥垢
污了妳的胭脂

哦，對不起
我只是不想埋骨在深山
才無助的陷入妳的海
妳的身體

哦，對不起
我游得不好看
像狗熊
在狗爬式與自由式之間
蛙式的手掌抬得太高

看著一隻溺水的蝴蝶
妳喜歡蝶泳
當我不再表演泳技於妳的海
我上岸
看見妳玫瑰花中的蝴蝶貪婪的沾著花蕊
我沒有蝴蝶的翅膀

哦，對不起
我只適合用工蜂的唇
去沾一朵山茶花
我只會在回程中
把花粉帶向遠方

開始發熱以後

光線從牢窗斜斜切過
冬天的臉色歪在窗外
光線似乎是冷冷的但不會是冷的
彷彿剛出鞘的白劍
帶著一股風聲
樹葉被削下零零飄落
就是這一點點溫差的肅殺
已是一劍兩刃

如我心中蟄伏已久的善惡雙獸
用冷靜的瞳孔
從身體的牢窗裡
虎視著俯視著窺視著
冬天裡一個牙牙學步的嬰兒
眼神如一線冷冷的劍光
如一首詩冷冷的
開始發熱以後
已是一刃的兩面
若不見血
如一首詩放久了寫久了就開始生銹

誦經的節奏

從牢窗柵欄間飛濺進來的雨水
彷彿妳和我激辯時的口沫橫飛
彷彿激辯後妳沉默下來時流出的淚水
每一滴都有重量
每一滴都有溫度

例如露珠滴在故鄉的竹林
在牢窗裡我們聽得清楚
那聲音穿透重重雨幕
在牢窗外猶如誦經的節奏
每一字都有重量
每一句都有溫度

我是妳的樹根

我聽到妳樹上的葉子在風中旋轉
又落在地上的聲音
我聽到妳葉子由紅轉綠
後又由綠轉為蒼白

我是妳的樹根妳忘了嗎
我知道那麵包樹的葉子比象耳還大
而莿桐的紅花比碗還大
而妳花開的玫瑰落地時
我感覺是一盞燈的重量
一盞燈的溫度

我是妳的樹根妳忘了嗎
用那盞燈的火燃燒起樹葉
用樹葉的灰燼餵養我
我是妳的樹根
我是妳的牢房
是妳的土地

是風還是海浪

是風
還是海浪
把岩壁撫摩成沙灘
又把沙灘和岩壁連在一起
把沙灘和岩壁撫摩成
妳的腰和我的胸膛

把沙灘和岩壁和牢房連在一起
把妳和我連在一起
把妳和我的思想連在一起
又分開了
是風
還是海浪

輯三

殘・局・的・中・間

今天妳是海洋

今天妳是海洋
為了在妳身上尋找一條項鍊
我去找尋一千零一個有名字的小島
等明晚聽完一千零一夜的故事
不曾看見死亡卻已逃避死亡
妳已是那個聰明的公主
藏有最好的一顆珍珠
——那最富愛情意義的愛琴娜島
但第一千零二個故事
現在才開始——

這裡是東方的東方有一個綠島
曾有一個牢房裡一個人在裡面做夢
十年如一夢做著紅樓夢中的夢
他的夢也是他意識底層紅色的彩石
他夢見他的島是活化石是他的思想
是女媧補天遺落在海上的彩石
這傳說屬於中國而中國是他母親的國
他宿命自己就是中國的薛西佛斯
這是一千零二個故事的開始了
爾後有關薛西佛斯的巨石與賈寶玉石頭記
之間的關係與爭論
有關意識形態與愛情價值的掙扎
就不再贅言

最重要的是一千零二個故事的結尾是
我們必須一起完成的章節——

最後一段我是
在特洛伊戰爭中被天神變化
從螞蟻變成人的士兵
為妳愛琴娜島保衛戰的士兵
我是能游過海洋的螞蟻
（妳聽見螞蟻向海洋呼喊的聲音嗎）
妳看見夢中的默劇一個點划動四肢
在泅泳的過程中一面划動
一面蛻變為人

妳還是海洋
我是能游過海洋的囚犯
我泅泳過過洋
妳已是一個等待我上岸的小島
我以最自由的姿勢
從妳的港口進入

海中之海

妳是海中之海
我是島中之島
我的牢房在海中之海的島中之島
猶如我的靈魂在體中之體
我的肉體在魂中有魄

然而母親生給我的一個島嶼
在妳的海中浮現了出來
我把乾了的溢著香氣的臍帶
加工成細韌的絲線
串連一千零一顆珍珠的項鍊掛在頸上
如今卻如絞刑台上套頸的繩圈
親情的遺傳鎖不住為愛情赴死的命運

我用拆斷臍帶項鍊的手指伸出牢房的窗口
解開牢門的鑰鎖
用手指去撫摩島的皮膚
彷彿用雲的手指去摩擦那個島
摩擦出金色的閃電和紅色的光
我用手指去彈那閃電
紅光例如琴弦顫動著餘音
在餘音消失之前
彷彿要趕在死亡之前
我用那手指拿起自己與生俱來的筆

在蕩漾如海浪的稿紙上
猶如在妳身上
速速寫下一行詩

畫上一個句號之前
在那個島中之島的島中之島
那最敏感的一個按鈕
一個生長點
親情與愛情之間的驚嘆號
愛情與愛情之間的頓號
我用手指去撫摩和彈動
請妳不要停止呼喚我的名
從蕩漾的海中之海

引導一條河

我看著海洋想著妳已經是海洋
但妳曾經是一條河
從深山裡
引導著另一條河
如何變成瀑布

瀑布如何斷身死成另一條河
妳引導著我
引導著我的身體
成為有節奏和層次的詩

妳修正我過於平坦的土地
略為彎曲的農夫的手肘
成為一個懂愛撫的詩人
妳的技巧和溫度
妳的水性中夾有泥土味的風塵
使一條河擁有兩岸和方向
一邊上溯瀑布
一邊下流海洋

似雪似浪

這小島在兩大海底板塊之間
浮起的地震帶島鏈之間
彷彿早就安排好了這猶如兩個
冷戰結構時期兩種意識型態
夾處相縫的一個小小的疤痕
我們在這傷痕中受傷而受困
但我們無法等待地震將我們的監牢震倒
我們也不能和我們的牢房共震亡

祈禱著下場世紀大雪吧
使翻騰在小島四周的海浪都凝固
使小島暫時停止搖擺
使熱噪的喧囂清靜下來
使月光輕浮而銳利
緩緩切開海岸線

山在遠處也被月光切成兩半
一半是雪，一半似浪
如同是妳，如同是我
清澈冷靜的觀照
冷戰時期分裂民族的意識型態
烙印在我們心底的傷痕

再使那場大雪溶解吧
以我們溶解對方的溫度

在逃亡的河流上

從河的上游瀑布下面我們出生的地方
我們坐著一棵樹逃亡
在急流上我們忙著鑿挖
後來如坐著一片葉子一樣輕的獨木舟
向下游的城市或出海口滑行
用最原始的姿勢划行
用身體
和四肢
我
在妳上面
我們用四肢划行在葉子一樣輕的獨木舟上
舟已忘了曾經是樹的身體
舟在河上
床在水上

我們同時看見上游
哦
貧窮的山村
梯田上有樓梯連接的房子
那些懸空的吊樓垂著低低的屋簷
一群老人戴著大大的斗笠
在河邊排列有序
如那些永遠不想往下走的石頭
反射著堅毅而又悲哀的眼睛

反射著夜色中暈昏的燈光
一種溫暖的家和離愁
我們經過好幾個結繩似的河口
數不清的歷史曾經出現的貧窮和農村
經過一些彷彿一個星系般的都市
閃著紅綠藍黃的光芒
我們的獨木舟無法停靠那裡的都市
但我們必須休息
是我們必須休息了
但看起來像棺木的獨木舟
等不到我們的死亡
我們還在逃亡的河流上

殘局的中間

在不同的夢中我們是兩個一起越獄的囚犯
相約站在海洋的中央下棋
站成海洋的一部分
我們身體的一部分
我的指南針妳的葉扁舟
座標就在地球中央
是兩個島也是

兩顆棋子
在一開始已是殘局的中間
妳說我是中國人我們下的是圍棋
在黑白分明中從白天下到黑夜
用手在棋盤自轉地球的感覺
天地圍成灰色網從更遙遠的地方
繞過來包裹我們
我們在裡面還剩一點生存的光芒

妳說妳是奇異島人
下著紅色與綠色的跳棋
雀躍占領對方領土
同時失去可耕的腹地
我說那不是棋
那已是思想
妳說即使是意識形態的顏色

也不會影響我們
在彼此的眼睛裡
在彼此的身體裡下棋

好比推開星圖
在上面尋找彼此的星座
此時只有我們能同時看見參與商
天秤上秤著雙魚的斤兩
我們在我們的左右
在銀河兩邊下棋
每一顆流星都是過河卒子
在時光的流逝中
在一開始已是殘局的中間

咫尺千里

在夢中抱住一條細細的瀑布
彷彿抱住一片窗簾往下墜落
彷彿順著一束月光下滑至一條河流
彷彿抱住一條河在掙扎
妳的身體為什麼往下沉又往上弓

我看見妳了
一個弓起了腰的小島

我有我出發時的大陸和海峽
我把夢的船迴轉時船體散了
我用四肢划行
為了尋找
妳失憶中的祖國

月光和風在脊背上刮沙
遠方的樹和草針刺著天空
北斗向北太陽向東
北緯23度23東經23度23
再向左划行一格
地球儀用手撥動一下
啊祖國近在咫尺
醒來卻遠如千里
手中握住淚漬的遺書彷彿還握住妳的手

床下的水聲

可以感覺海浪衝到了
牢房的床底下
又退了回去
什麼時候可以把整座牢房
拉向海上成為一艘船

流動的水聲在床底下來回有韻
我在夜夢中
在妳的身體裡尋找一條河流
妳的身體已是一條河流
在故鄉一塊公有地的原野裡
一條暫時私有的河流

一條任我俯身汲水的河流
我俯身汲水時
妳身體的曲線
從我手臂滑過
我在妳的河邊躺著
傾聽細水涉涉的聲音

我的雲從妳身上經過
看見我的影
斜出了妳的河岸
汗水與露珠

累積成支流
向山谷匯集

妳最後的私產
不是我的河流
是一口純淨的井水
我的公產
卻是一片海洋中一個小島
一個小島中一間牢房

當我感覺海浪衝到了床底下
我聽到了妳的水聲
從故鄉的河流
沿著海岸線找到了我

秈稻花

沿著一條大河我們走向革命的隊伍
許多年過去了
我們沿著那條大河走回小溪
沿著小溪走回童年
沿著童年走回初生

其實我們真的不知道我們來自何處
我先於妳站在那條小溪邊
虛長妳幾歲先於妳看見溪裡的倒影
我只是一株被誰遺落的穀粒
穀粒長成的野生秈稻
還沒有結穗前
看起來就像野草

抓緊溪岸的根越長越細越密越鬚
越虛近於枯黃時
我在溪邊倒影中看見妳
不知何時已站在我身後
彷彿背著一顆太陽
妳張開金黃色的花朵
妳是一種介於蒲公英和金盞菊
向日葵與莿桐花之間
無從命名的花
如同我們尚不知我們來自何處

但妳在風中微微向我散發香氣

這溪邊四方是綿延數百里荒郊曠野
只有一隻蜜蜂和蝴蝶來過
把妳的花粉沾在我身上
我們不會結出什麼果

我只是一株野生的秈稻
帶著糧食的沉重基因
妳是一種難於命名的花
帶著美的
輕輕的基因
今世我們不會結出什麼果

我們同時擺渡

長尾魚的身影以水草之姿在光影間游走
水線描繪著河岸
我的手指在妳髮絲間游走

我的船在妳的水上
清楚的看見水中
長尾魚的身影以水草之姿在光影間游走

有秩序或無秩序的擺動
在上游與下游或順流逆流之間
我的靈魂在妳船上

妳的靈魂在水上
我們同時擺渡
用彼此的肉體和身影

浮載彼此的靈魂
向彼岸擺渡
這一身只有這一次機會

視線上的山頂

半躺在牢房角落的床上
如一座半躺在雲堆裡的山
視線越過那個山頂
視線越過牢窗外面
在到達海平面之前
在圍牆上插滿玻璃刺片的亮光中
在礁岩為基礎的圍牆孔隙
看見山頂上木麻黃例如戰戟

例如隔離著山與海的柵欄
如曾經仰望的長城
如大庄園長長的竹籬笆
在我半躺著的視線與
開始站起來的記憶之間

我半躺在擔架上被抬離戰場
視線遠離雪地上紅旗革命的隊伍
隊伍中士兵背上的槍管林立
例如山頂上一排木麻黃
我半躺著接受審問
然後他們叫我自己站起來
慢慢走進這牢房

懷孕的母山

妳是懷孕的母山
生出了瀑布
妳半坐著往下看
瀑布生出了河流
河流兩邊生出了村莊與城鎮
妳是蒼老的母山
遠遠看著小城鎮已長成大都市
妳看著返鄉的我陌生的看著大都市新築的圍牆
返鄉的我從海洋彼端
帶著異鄉莊稼的種籽
陌生茫然的回憶起

彼時妳曾經生出瀑布
黃果樹大瀑布
是黃土高原群山生出的思想斷層
我是瀑布下的一條河流
一條從妳思想生出的細細長長的相思
我原以為流到大海就看見了自由
然而我還是水
有了鹽份的沉重
我想我還是誰時
我沒有掙脫妳牽掛給我的鎖鏈

我寧是走到盡頭的海岸
看著妳是海浪不倦的向我撲來
妳赤裸著手足舞蹈著向我撲來
妳每次都忘記會灘死在我身上
妳每次的再生都會忘記
海岸是我的也是妳的牢房
例如那沿著瀑布上升的削壁
削壁上方妳背後的群山
從瀑布看下去的村莊與城鎮
都會是一種記憶中的牢房

當我從海洋彼端一個島嶼的牢房歸來
春秋已過五十回
身上還沾粘鹽末的重量
從瀑布下方往上看
思想斷層的上方
妳的墳塚就似一座懷孕的母山

妳先涉水

夢裡不知身是客
妳是我的夢
是我的影子還是我的主人

我還沒有渡河
妳就從背後傾斜在前
妳已先涉水
抵達之前
我已在河邊看見妳
被山影壓住
被水草折腰

妳不是主人是我的影子
妳是客體如我的影子
然而妳也是主人如我的夢
我在夢中我在妳裡面時我是客人

我是妳在月光中看見的滾滾塵埃
我的身體沉重如塵埃的堆積
而妳是我在月光中看見的夢中的真實
我的身體稍稍進入
妳就突然驚醒
妳就從春眠中真正的醒來
看見春天已渡過溪流

春潮從出海口那邊高高湧起
那麼真實的我
也已渡過妳身體的溪流

我在妳的裡面

我擺渡著雙手的槳
妳是我的船
我在妳的裡面

我擺渡著自身的船
妳是我的河流
我仍在妳的裡面

我凝視河流上方
星星溫柔而愉悅的眼神
我回顧身後
河流舒張著波浪向出海口

我一面探索河流的深度
一面感覺船的重量
一面拋棄河裡的雲和樹葉
我們要去的地方就在眼前
就快到了
可是又彷彿還很遠很遠

濺起水花灑在妳的髮上
每一滴水看起來都不一樣
但每一滴水其實都一樣
像我每次見妳的感覺

彷彿是嬰兒
擺渡著雙手的槳
我在妳的裡面
直到我從妳出海冂進了又出
我死而復生

靜止的擺渡

從妳我牽手走過的春秋
到妳我被迫分手的戰國
我已知道可到
從上善若水
到唯女子好色

我只是擺渡著
以一葉蘆葦的力道
如何渡過妳的姓與性
如何渡江過洋
至妳金門巢燕的故鄉

我只是擺渡著
如何渡過妳的床妳的身體
划動我的槳
從妳的眼睛裡看見彼岸的人影
聽見彼岸似有人聲

然而我們不能只是永遠的擺渡
河流已是我們的床我們的身體
溯河而上或隨波逐流
選擇橫渡
或靜止
然而靜止在急流中

比橫渡還難
然而卻是我們最後的抉擇和
最佳的姿勢
不是去失樂園
是素女經
與推背圖

平衡

從窗口我看不見天秤座
在黑夜的星空中
我心裡需要一種平衡
在過去的陸地與未來的海洋
在記憶的化石與想像的浪潮
在妳和我我與她他及妳
在身的牢房與心的自由之間

我尋求一種平衡
從窗口我看見妳的堡壘
我們之間隔著一條河
我們看著那個彈七弦琴的老者
那個猶抱琵琶半遮面的天涯淪落人
在船上順著河水往東流去
他的琴聲說著佛陀的智慧
她的歌聲泣訴著人間的冷暖

妳在對岸坐擁一座堅固的堡壘
妳的堡壘就是妳的牢房
在妳我的堡壘與牢房之間
我尋求一種平衡
例如河的兩岸
例如在眼與眼眉與眉
唇與唇之間
我尋求一種沒有距離的平衡

落花流水

窗外劃過一道流星
彷彿一朵小花墜向大海
空氣中瀰漫著星芒與花香

那一天
妳的花朵墜落時
還盛開在洶湧的流水上
我是一隻被妳花瓣夾住的蜜蜂
我們一起浮沉在洶湧的流水上
流水急著趕路
和我們一樣
赤裸著與時間競走

我們必須保持一種平衡
在流入大海之前還不會腐敗
堅持著入海
浸泡在充滿淚水加汗水鹹度的海水中
就更不會腐敗
我們不會是浸泡在福馬林液中的標本
因我還夾在妳的花瓣裡浮沉
如一個島裹在大海中
一顆星孤在夜色裡
以那顆星的高度靠近一個島的距離
以那顆星的距離靠近一個島的速度

我們流向大海
我們必須保持一種平衡
流向大海靠近彼岸
靠近一種不是死亡的永久的棲息

在堤防上煩惱

妳是山嗎
妳知道我從妳那邊出來
然後又想回到妳那邊
我是一條彎曲又打直的河流
我從妳的深處來
又要從妳的淺處進入

妳如果是海
我還是一條彎曲又打直的河流
我要從妳的深處進入
又要從妳的淺處消失
我沒有使妳懷孕
卻使妳生出無數的海浪般的煩惱

在山與海之間
我是一條打直了又彎曲的河流
在生和死之間
時間的流水上面漂浮著愛情的落葉
下面沉澱著潔白的思想的卵石
而河的兩岸
如同生和死共築的堤防
誰能在堤防上聽著流水如同琴弦彈奏不鬆不緊的樂音
誰又是那彈著琴弦的旅人

雲雨蛙海

雲膨漲起來
雲懷孕了
那些未成形的蝌蚪的眼睛
那些雨點在雲的體內
走過一個空間
成形的蝌蚪收起尾巴長出四肢
下降在人間
當人們發現漫天蛙魚雨

那其實類似我們人體進化的過程
那其實類似我們愛情進化的過程

雨終於滙集成溪水
溪水終於成為海的俘虜

溪水收起尾巴
山收起溪流讓山谷伸展四肢

只有海
只有海是妳
以一種女人的母性
以一種表面的波浪和內在的岩石
把最髒的人的廢物
成為最乾淨的一種鹽

把我腐敗思想的汁液
收集成可以載浮萬噸貨輪的海水
可以載浮所有的島嶼和天空

我尚能聽見那些聲音

妳以為是昨夜的那群飛蛾與飛蚊
從火把點燃的山腳下飛過來
撞擊了牢窗
的聲音……
妳以為是一大群落葉例如拍掌
拍擊了牢窗
然而妳是被海浪吵醒的
妳是被長出了牙齒的海浪飢餓的想以牙齒
啃食岩壁的聲音吵醒了
妳是被海浪的牙齒咬住耳朵的痛驚醒了

因為妳尚在妳自己的牢房裡臥著
我已經走出自己的牢房
在牢窗外看著妳的牢房
看著妳的也曾是我的另一個牢房

然而因為是在妳的牢窗外的另一個牢房
我尚能聽見的
不只是海浪啃蝕著岩壁
不只是海浪舔食著沙
我尚能聽見海浪上方泡沫碎裂的聲音
我耳朵以外的心裡
我尚能聽見露珠例如眼淚滴下大地的聲音

然而還有一種刺痛的感覺
是深夜的牢房外
最大的牢房——那夜空
星光互相磨擦著銳利的刺
我尚能聽見那磨擦的聲音
遙遠如出海口的海潮
我何時能走出那個牢房
當我走出失去的牢房站在妳的牢窗外
看見妳赤裸的臥著
把出海口向著我
我尚能聽見
那些聲音

走向陸河

從牢房的窗口看出去
從身體的牢房看出去
我看見永遠不會死的飛鳥
看見永遠不會枯萎的落葉
——雲啊
和我一起慶幸這地球還在運轉
和我一起慶幸我和人類
還被地心引力困守在地球上

雖然我的第二個牢房
就在妳給我的小小的島上
但我已用我的心靈
走在陸河邊的草原上
可憐妳啊還是地球上的海洋
妳圍困我牢房的小島同時可悲的
妳還以為也同時圍困了我的另一個牢房
妳想用妳的身體統治駕馭我的身體
猶如槳與船
然而我已是翅膀
我已飛走在陸河邊的草原上

姿勢與形式

我們仔細觀摩了海浪的各種姿勢
我們認真的學習那些姿勢
那些前仆後繼赴死的姿勢
那是死而復生雀躍不已的姿勢
那些以退為進後以進為退
在我們如海岸亦如海面的床上
在走下床又再前進的路上

我們不能太認真的學習那些姿勢
我們太認真時就開始變質變假
那些海浪因不想習慣於海的框框
彷彿急於開花授粉然後凋萎
然後看著花粉在空中變成雲彩
彷彿要離開身體的叉開的手指
要像雨點一樣往上飛再往下降

那些海浪不想成為一種水的形式
不想在海與海岸的牢房中
然而我們所有努力過的姿勢
都在它們的姿勢中
我們不能太認真的學習
不能在假的形式之中
再套上一個牢圈

啄成蜂巢

海浪猶如鳥群啄著岩壁
泡沫如群蜂離開蜂巢又飛回蜂巢
聽吧
成千上萬的鳥的翅膀
成千上萬的鳥的尖喙
那些海浪想要把海岸削壁啄成蜂巢
我在深夜的牢房裡聽得非常清晰
幾乎可以把每一隻鳥命名的
數不清的長夜
在牢房裡聽見自己的心跳
猶如那些海浪想要把海岸啄成蜂巢

地球儀

我從窗口看見金黃色的滿月
妳從滿月那邊看見我藍色的地球
看見我在牢房中
用手指輕輕轉動著藍色的地球儀

我輕輕將妳旋轉過來
為了看見月光
看見月光中的月蝕
當月光從窗口斜斜照著地球儀

我輕輕將妳旋轉
手指經過聖母峰
經過海洋妳波浪翻捲過來
還在自轉的地球
在我手中公轉著太陽的地球儀

妳有點沉重了
輕輕壓著我的影子
我感覺地球儀在岩石與木質之間的重量
我感覺抱著地球
感覺抱著懷孕的妳
從窗口看見金黃色的滿月

輯四

偷·窺·偷·渡·者

戳破的螢幕

今天牢窗彷彿一個螢幕
下著雨的白天也看得見暗夜的繁星
一隻山羊從螢幕右邊慢慢走出來
彷彿從右腦的夢境走出來
然而卻是一隻真實的白色的山公羊
羊鬍子垂到胸前彷彿要觸地的榕樹根鬚
羊角例如戰戟叉天然而又謙卑的往後彎曲
這白色的山公羊在螢幕上有點模糊
卻彷彿用手指把紙窗戳穿那樣
牠用又尖又硬的羊蹄把清晨的薄霧踢開
沿著海岸線深深的印下牠的腳印

這幸福的山公羊正吃著人間的美味
彷彿吃著牠已不是一隻羊的食物
牠用羊蹄在礁岩上刮著一朵朵白色小花
這植物介於海苔與地衣之間
有著梅花與小菊花的形狀
獄卒們都說是石花菜
晒乾熬煮冷卻結凍
彷彿愛玉冰那樣結成透明的脂肪色
但除了清涼退火還可以增長鈣質溫性壯陽
這聰明的山公羊知道怎麼增強他的睪丸素
牠吃著石花菜吃著海浪和石頭濕生的食物
然後抬頭望山坡上一大片草原

那裡至少有二十隻母羊是牠的妻妾
牠孤獨的吃著海岸線但牠並不寂寞

今天牢窗彷彿一個螢幕
在這螢幕裡原本可以看見下著雨的白天
同時看見暗夜的繁星
看見平靜的沒有任何波浪與聲音的海面
看見一個宇宙
然而卻被一隻真實的山公羊戳破了這螢幕
看著牠以兩種飢餓的姿勢走在海岸線
看著牠帶著自己的牢房走路
牠的睪丸素使牠的牢房不斷動搖卻又更形堅固
除非牠從海岸線一直走上最高的礁岩
看清了兩種飢餓交結的慾望
牠輕飄飄的踏上海浪
例如一片帶著灰色的白雲
使今天的牢窗彷彿一個螢幕

偷窺偷渡者

張開眼皮時彷彿用力拉開簾幕
看見簾幕後面也就是眼睛裡面
一排肋骨似的柵欄
握住柵欄彷彿握住自己的肋骨
屏息注視前方——
一個偷渡者正把舢板推上海灘
從他的姿勢和眼神
我知道他似乎以為自己剛剛拆開了柵欄
拉開了窗口塵封的簾幕
看見海上的陽光就跟隨陽光漂來
他不知道我是之前的偷渡者
從牢窗的鐵條空隙偷窺他
他收起纜繩時不知道他正開始反綁自己

在一個牢房似的小島上的牢房裡忘了歲月
忘了什麼是牢房時
看著另一個偷渡者從一個大牢房越獄
而來這個終究會是一個更小的牢房的島上
除了歲月
或者死亡
才能使他完全看見
在海浪和浮雲後面
一個沒有障礙的天空

從偷渡者變成偷窺者
從偷窺者和偷渡者之間
彷彿一個剛剛甦醒的靈魂
看著自已剛剛死去的身體
而又非常清楚將在何處再生
彷彿看見天帝在天地間
看著一個人剛學會站起來走路

孵化鶵鳥

一隻不知名的鳥在牢窗外築過冬的巢
春天來時鳥巢裡有了三顆鳥蛋
我才知道牠是隻母鳥
雖然牠的伴侶我從未看過
我卻看過了一種會飛的愛情

我感覺母鳥孵蛋的溫度
彷彿在妳的雙乳間渡過一個寒冬
那種把慾望早已伸向春天的溫度
在妳的雙乳間孵化的思想
其實不是思想
是染上了色不異空的色的相思
不是在蛋白裡逐漸成形的鶵
是在破殼以後將會飛離的鳥

因為思想而在牢房裡思考
因為相思而在相思的牢房裡
這牢房的重量就是兩者相加的重量
這鳥巢已不是牠們的牢房
這母鳥孵化小鳥的溫度
彷彿是妳又緩緩靠了過來

除草

我們只是在地上除草
不能太用力
不能變成是在為自己或者
為同伴挖掘墓穴
拿著鋤頭的姿勢
是一種彎腰的禮拜
偶而抬頭挺胸
也只是擦擦汗
在回家的路上
鋤頭在肩上也不像是扛著一支槍

如同我只是在妳的大地上除草
陽光在我背後
把我的影子推倒向妳
也是一種彎腰的禮拜
我的鋤頭柄以45度角向妳
努力追尋與挖掘

大地的身體有妳的秘密
我因此忘了我只是在除草
不是在挖掘妳我的墓穴
在跟隨影子前進的路上
為了築巢與糧食過冬
例如土撥鼠或螞蟻

太用力的挖掘著泥土
聞嗅著泥土和草葉的芳香
彷彿妳已躺在身邊
而我仍在努力的挖掘一個墓穴
我不能忘了我只是在妳的大地上除草

冰原火種

妳我是那冰原嗎
還是那火種

我們未發現它之前它就存在
北極凍土內的火種
——甲烷混合的冰塊
它在那兒偷笑了一萬年以上
猶如上帝　慵懶的
看著我們忙碌挖掘將竭的能源
看著我們彼此努力開墾
那早已存在而仍樂於被燃燒的愛情

從肉體最深處
那看不見的心影
猶如那冰原裡的火種
我們將它點燃
我們被慾望支使而又去捅慾望的音喉
我們跪拜在上帝的腳下又咬傷了上帝的腳趾

我們抬頭說話我們笑或哭
我們都是在蒸發著能源周而復始
然而它只是來去
然後它在那兒猶如上帝的奴僕在發笑
北極凍土內的火種

它的儲量
足以讓人類彼此用肉體
用愛情與慾望磨擦燃燒
來來回回揮霍一萬年
而我們才剛發現它
它在那兒冷冷的偷笑了一萬年

然而還有比它更好
更接近上帝的
才剛睜開眼睛
還懶得瞧我們一眼
那光與念
那念與電結合的物質

當我們妄想自己就是上帝的使者時
其實每一個人的肉體
已在不知不覺中成為一塊能源
或一桶核能
卻只是又再來來回回
為上帝在宇宙中運轉的有形資糧

所謂我們其實講的只是妳我的事
妳是那冷冷的偷笑了一萬年的冰原嗎
我是那冰原裡笑著哭著的火種

今天的我們

在昨日我們還有從水入火的記憶
上游被洪水沖刷下來的山毛櫸
遍體鱗傷在太陽下晒出了紅櫸的骨肉
被水浸泡膨漲鬆懈逐漸乾枯
鈣質和碳水化合物離開了木質纖維的
我們，曾經伸開樹枝的雙臂一路歡呼
以為終於離開了山體的禁錮
如今靜靜躺在靠近出海口的溪邊
山毛櫸的根和枝的
昨日的我們
被今天的我們檢為柴薪

篝火在靠近出海口的溪邊燃燒
昨日的我們在篝火的火舌中
看著今天我們的影子在火光的沙灘上扭動
火光如一棵火紅的楓樹
如一棵開滿紅花的鳳凰樹
樹根在下如我　樹枝在上如妳
在火光中我們上下對望而絕望
而絕望的樹葉不知燒灰何方
我們終於被燒成木炭
只要輕輕撥動昨日的
我們就立刻變灰燼

今日的我們和他們
並不知道昨日的我們在樹根與樹枝之間
夾著一粒知風草的種籽
它已聞到風
從山谷向海邊尋求吻合與吻別的風
知道知風草的種籽想要發芽
風在我們灰燼的體內
煽動著一點點的星火
等知風草的種籽飛離了我們
明天的我們也會跟著燃燒
燃燒起紅櫸的骨肉
火光如一棵開滿火花的鳳凰樹
如火光中誕生了一對鳳凰

燭火與拙火

如何點燃體內的拙火
如同點燃牢房裡的燭火

手指輕輕向妳觸發閃光
例如流星劃過熠石
我是點燃妳心燭的人
同時我已是蠟燭上燃燒的火

妳的身體是雪白的蠟燭
妳在我的溫度中熔解
妳的消失就是我的消失

我的重生就是妳的重生
當我是蠟燭
被鑽木取火的火點燃
看見妳的火在我身上扭動
妳的影子和我的影子糾纏
我在妳的溫度中熔解
我的消失就是妳的消失

其時我們是在一個小島上
其實我們是在離開現代文明的小屋裡
點起我們生日的燭火
海洋漩渦的中心

就是我們小島中的小屋

小屋裡的燭火就是夜海中的船燈
數以百計的蛾蝶甲蟲飛行數百里
向我們小屋的方向舔食光芒
在風浪中前仆後繼不畏生死
我們的慶生招來數以百計的死亡

我們在燭火中咄咄而談
侃侃不知終死
來不及學習
如何點燃體內的拙火
如何看見拙火中的心光

多出來的慾望

這世界那麼多多出來的東西
海灘上散落的玩具與輪胎
彷彿我們也是多出來的人
例如我們身上凸出來的手腳
那麼多多出來的慾望
我們已無法捨棄

如果我們是一群多出來的人
在散落又集中的牢房中
我們的生死將如芻狗
我們的思想將如沉澱的珍珠
或者與煤層隔鄰的黃金礦脈
等待著地火燃燒
還原我們純金的價值

因為有妳
在這世界上我就不是多出來的人了
除非妳判決我是妳多出來的人
例如無意間伸出窗外的枝蔓
牆角間的蛛絲螞跡
髮絲上粘附的飛絮
衣角沾漾的塵粒

然而我是在妳肉體四處撫摸過了
後又再妳影子與靈魂間徘徊
是妳天上的飛天地表的阿修羅
妳已無法捨棄和逃離
如同我是妳的手腳
妳必須用手腳划動著妳身體的船
航行向彼岸
我們才能一起離開牢房

自衛或自慰

失去她我彷彿失去一個陸地
擁有妳我才占有一個小島
我才在海上看見夜空中所有的星星
才看見完整的銀河從地球邊流過

在夢中清楚的看見自己的家
在牢房中清醒的看見自己的夢
在夢中用手抓住一根浮木
醒來時手中緊緊握住一支筆
握住一支自衛或自慰的武器
筆和詩
是我的拉桿和椅子
是可以靠背的牆

我們已沒有其他的武器
只剩下筆和詩
用筆在紙上磨擦出詩
例如月光磨擦著我們的夢
例如我們用肉體磨擦出靈魂
例如頑石磨擦出刀鋒的火花
靈魂靠得太近了
肉體反而要分開

肉體在牢房中火熱的膠合著
靈魂其實站在我們床邊觀望
例如一棵樹看著樹下的灰燼
例如家裡的兩個花瓶
花瓶兩朵正在盛開的
不知名的花

等待叫喊

例如面臨一場考試
進入考場以後
就不等待放榜
那段日子
名字被叫喊就等於宣佈死刑的那段日子
我等待著
被妳叫喊

被妳叫喊
我就活過來
面臨一場愛情的考驗
我不用太高的分數
已是所謂後現代但非後殖民的所在
我要剛好
用手撫摩妳
可以剛好握緊的C
這是妳我之間的默契

輪到妳出考題了
如何用非死亡的方程式
把靈魂與肉體分離
又和合
要我回答
我就用靈魂與肉體的分離

回答妳的肉體與靈魂
在妳持續叫喊我不要停下來的過程中
我回答妳

知識的盲點非是非題
婚姻的切口非填充題
愛情的驚訝非選擇題
我躺在考卷一樣白的床上
握著自身的筆桿
如握著臨刑的手槍
以非死亡的方程式
回答妳

回升

妳想使降落中的我回旋上升
當我下降至地獄第十三層
我捉住了妳垂下來的髮絲
幸好
只有孤獨的我
沒有其他同伴必須拯救
我可以自私又自在往上爬
妳必須等待我
爬上井口
看見滿地蓮花

妳想使那片雪回到天上
回到它原來也是雨水之前
如妳只是想把幾根白髮染黑
把冬天想成春天
不慎把髮染成了紅色
妳是雪地邊一樹紅楓
妳以為妳的思想
在春天來臨前就會紅了
妳想以妳的思想換取我的愛情
然而染紅了頭髮就等於思想不會紅了

妳是想用頭髮的顏色
暫時影響靈魂的顏色

但靈魂會有顏色嗎
妳何時在夢中看見自己的影子有顏色
祂只是有一點點重量
如看不清楚的愛情
如看不清楚的
墓碑上的文字

妳想使那片落葉回到樹上
在它未腐化為樹根的養份前
妳想用太陽倒轉地球的地心引力
在黃葉未落地前將它停止
妳必須用例如愛情一樣的魔術
進入夢境又離開夢境
妳必須清醒
必須比我清醒
必須尊重泥土和死亡
必須尊重自然的輪迴
雖然我正努力往上爬
妳必須等待我
爬上井口看見滿地蓮花

夢的餘音

第一天在夢中坐著漁船離開牢房
第二天思索著漁船進出妳的港口
第三天在夢中遺傳自己的思想
第四天就夢遺了
在夢中能遺傳什麼真實的東西
能像孵著一顆蛋一樣孵出一隻小雞嗎

在夢遺中卻聽見了
腦細胞想要分裂與分配的聲音
聽見了精蟲呼喚著蝌蚪
呼喚著細細的火舌的形
呼喚著流星雨一路向卵子那邊衝刺
聽見一億以上的人想要成形
在千萬分之一公尺寬的星河中
奮湧前進的聲音

聽見風吹散妳的髮絲
髮絲廝磨耳鬢
聽見海潮在妳體內澎湃
海浪撫摩我們的交趾向後走遠了
第七天我們就該休息了
躺在比鄰的板舟裡順流而下
縱使是躺在比鄰的棺木裡順流而下
也就証明我們不在牢房裡了

也就只有一種聲音可以証明
我們還沒有死亡
那就是我們曾在夢中呼叫對方的名字
而我們同時回應了對方的聲音

冬天還沒有來臨

冬天還沒有來臨
但已站在光禿的樹上看見妳
妳還穿著秋天冷黃的外套
如同冬天來臨的影子
沒有脫掉秋天的一聲嘆息和一臉肅穆

妳把秋天冷黃似的那件外套
掛在面向冬天的窗邊
我以冬天來臨的眼神
看見妳弓著背伏首在桌前
像是在努力寫一首詩
像是一隻土撥鼠
從光禿的樹下努力挖掘洞窟

妳是要挖掘多深呢
還是只是要挖出一些泥土
只想沾一些土味就滿足心中的空虛
妳一面挖掘一面拋棄石塊樹根和泥土
妳的姿勢又像在逃遁
妳偶而抬頭嘆一口氣

冬天還沒有來臨
一隻雨傘蛇已在樹根和岩縫間脫皮
我喜歡她那種脫衣服的本能

影子像火一樣扭動
我等待著
彷彿許仙看著白蛇
看那透明衣服裡的裸體

然而她脫去了一場夢就醒來
不斷的往前探索
尋找她永遠找不到的過去
所以不斷的拋棄與剝離
積澱在身上的塵垢與溫度
或者她只是從一場夢中出生就離去

冬天還沒有來臨
但夜色卻比冬天更冷的來臨了
我感覺溫度從那棵光禿的樹梢
從毛髮下降
黃昏正在捲縮
秋天正在蛻皮
如夜色正在侵進
在透明中一面退縮
一面探索
如我對妳

昨晚的夜色

海浪的聲音與味道
從窗口貫進來
彷彿妳的呼吸與體溫
彷彿昨晚的夜色
還站在身邊

妳必須比鹽或煤還乾燥
比灰塵或灰燼潮濕
隨時在我身邊
又隨時不在我身邊
妳是一種無名火的溫度
我只需以一種比閃電更短
比月光更長的眼神劃過
妳就會開始燃燒

妳的草原燃燒劈波著浪潮的聲音
妳的草原把全身燒進海浪裡
妳比火還熱
我已是被妳擁抱的火
妳是夜色
把比太陽還大還灼熱的星星
擁抱在懷裡
妳比火還熱
妳是還站在我身邊的夜色

並行的飛行

在黑暗的牢房中
也能看見空曠的宇宙
彷彿在胎兒的夢中
從肚臍看見母親的微笑

在那種非常寂靜的空間
以光速前進的太空中
我們是兩顆並行的流星
沒有人能測量我們之間真實的距離
沒有人能觸摸到我們的溫度

誰能看見我們在飛行的過程中
還能伸出手指光芒
拂拍已經暗淡的日月

出生以後並行的飛行
只是在彼此撫摩彼此磨擦
彼此磨損
我們清醒知道
並行所以可以同時衰老
同時成為行星
最後成為恆星
成為恆星背後的黑暗

夜色橋邊

從同一條戰線分開後
我們被囚在兩個不同的島上
無法測度彼此的距離
如同參星與商星
如同牛郎與織女
在夜河的兩岸相見
在白晝的窗口道別

要用多大的跨度
我才能以一個星座的光亮
越過黑夜向妳那邊靠攏

從窗口仰望滿天星海
那些正在消失或將要新現的念珠
在光年裡炸出比太陽灼熱百倍的心光
已是比螢火還冷的星點

星粒是那麼永恆的堅固冷硬
黑夜是那麼永恆的鬆散柔軟
縱使把星群都收攏排列整齊
也無法成為跨度黑夜的橋

最終我們只得學會
把牢房當成在子宮中的宇宙
我已能從我的星裡
飛入妳的心裡

跑在小路上

以為是在向路中央爭取生存的小草
屢次在腳印與車輪下乾枯
有幾次我們從小路散步而過
妳都會那樣的說著小草

然而我們走過的小路
也曾想著遠方的都市
或是想著已經遙遠的故鄉
我們老是在那小路上散步
我們可曾想到
那條小路最後竟是通向了牢房

那條小路必竟不是通向我們的墳墓
我們還活著
我們在小路上跑吧
一起跑吧
我們跑在小路上
看著大時代向後斜
我們跑在大草原的小路上

我們感覺土地在移動

除了雲和風
我們感覺土地在移動
我們調整身姿和速度
在海上　在床上
希望跟得上地球自轉的速率
或黃道的圓周
以海底兩大板塊那樣撞擊
交叉　重疊　緩緩隆起兩座小島
我們用身體和語言　和意識型態
從下往上爭論
至那小島的高峰
除了雲　和風
我們感覺土地在移動

兩個小島的我們
擁有兩個堡壘
同時也是兩個牢房裡的囚犯
一個被思想　一個被愛情
困住的囚犯
除了雲　和風
我們尚可感覺土地在移動
我們還活著
必須活著

記憶中的山谷

從窗口聽見海風
我看見緩緩浮起的一個波浪
從記憶中的一個山谷聽見山風
我看見妳柔軟溫暖的斜坡上溫馴的山崙
微微起伏的乳房
在斜陽下例如早餐熱騰騰的白饅頭

記憶中山谷在對面隔著遙遠的幾個部落
一個半月形石柱
向太陽自衛
向太陽自慰的一個巨石文化
還挺著陽具和陽具的影子

向太陽
一種更遙遠的記憶埋在日月潭底下
還沒有台灣海峽以前
長毛象和猛獁徒步而來
冰河期以後造山運動以後
牠們成為孤島上望鄉的骸骨

向太陽
一種更更遙遠的記憶埋在我的枕頭下
我思想和內心深處的祖國
我看過的一個頂著北京人頭蓋骨的處女

款步走過天壇一面光壁之牆
那個影子
向太陽
還在那裡
我看過的妳柔軟溫暖的斜坡上溫馴的山崙
微微起伏的乳房
妳頂著晃動著款步走過半月形石柱

棋子般的腳印

難得有空閒下圍棋
彷彿老僧入定老道出竅
已經過了一日夜還沒有結局
彷彿在灰茫茫網狀的天地河海間行走

彷彿在沙漠中尋找妳的腳印
找不到那些沙丘如墳場般的排列了
突兀的石頭們
在時間的行程中
風化成數不清的白骨
白骨排成一個弓字形
茁長了一千年的紅楊樹
彷彿站在弓字形裡的箭
等待龍捲風
將那支箭射向遠方

在太平洋中尋找妳的腳印
找到了那島嶼如珍珠般的排列了
排成十字形
國際換日線和赤道
紅白線交叉在十字中央
海浪的漣漪如網狀般張開
當一架空中巴士穿過十字形的中央
時間彷彿就要定格了

我下了最後一顆決定性的白棋子
天邊剛好露出魚肚白的曙色
這下著棋的日子
這下著棋的一生
從沙漠到海洋
從家到牢房
我還在尋找妳的腳印

美人魚的禮拜

彷彿要把夜色折半
半夜裡我在牢房努力練習仰臥起坐的動作
這是另一種折腰和禮拜的姿勢
被政權壓迫被宗教欺瞞之後
我在自己的牢房裡練習這種
永遠不是統治者或上帝會喜歡的姿勢

而這姿勢的另一種喜悅是想到
有一種美人魚也是這樣的坐著
雙腿靠得緊緊無法分開
她表達愛情的姿勢
就如妳半坐在床邊
只是妳的雙腿最後就張開了
因此我不斷的做著折腰和禮拜的姿勢
就是要在政權與宗教之間
擠壓出愛情的浮汁
餵養自己瀕臨貧乏的生命

裸身持續做著仰臥起坐的動作
想著不必再穿人間衣服的美人魚
以相同的姿勢泅泳於海洋
她只要稍稍翹起尾鰭
就會挑起太陽與海洋的情慾
猶如妳只要稍稍擺動長髮與腰身

就會挑起我情慾的太陽與海浪
持續做著另一種折腰和禮拜的姿勢
想著不能張開雙腿不必再穿人間衣服的美人魚
也是這樣的起伏著
在茫茫生之海中前進

失重的蛻變

做伏地挺身的動作時
可以抬頭看見圍牆外的海岸
可以想像自己是海邊一種有顏色的蜥蜴
或是沒有顏色的蛤蚧
匍伏前進的手肘和膝蓋會長出履足
最後以一隻毛毛蟲的速度爬回牢房

在牢房裡以為自己是待蛻變為蝴蝶的毛毛蟲
掛起白色蚊帳就是一個透氣不透風的繭
這是閉關調息僻殼蛻變的過程
然而就是有一道光一道影和一種味道
使我感覺這人間的體溫
這人間有過妳的體溫與體味的記憶
例如一種已消失但未絕跡的動物
從白堊紀之間就能感應幾百里外
異性的體溫與體味

例如麒麟與黃鯨或甲文龜與白毛象
然而尚能盤腿趺坐的人我
仍是生物界的奇蹟
因為思想與相思交疊
溫度使自己變色變薄
如氫之輕
如氧之癢

飛的意識開始成形
在飛魚與飛鳥
蛾與蝶蝙蝠與貓頭鷹風箏與龍之間
因為思想與相思的重量
使自己被自己的影子拖住
繼續在日夜輪迴中前進
例如松鼠奔跑於圓型旋轉的囚籠
例如蝸牛背著一個家屋攀行於竹竿

夢身是客

我從妳的眼睛裡看見我的裸體
從我的裸體看見妳的靈魂
在對視的焦點上
我們的靈魂在那兒竊笑
祂們從牢房的窗口看著對方的寄主

如果夢的形式之一是眼睛的形狀
我早已學會如何透視夢
如同透視日月與日夜
透視兩個不斷上升的氣球的牽絆
透視兩個不斷下沉的鉛球的牽制
透視兩個鬫合成的一個包袱

如果它都不是那樣
它有點像永遠抓不到的泡沫
永遠在離手指尖不到一吋的距離
就又飛走或瞬間消失
離我們的身體那麼近又那麼遙遠
反視這身體若是消失的泡沫
那麼靈魂就是現在的身體

靈魂無法永遠依附這短暫的身體
如果夢是靈魂的另一個房間
那麼身體就是夢中的床
我們還躺在我們真實的床上
我從妳的眼睛裡看見我的裸體

溫度與味道

我和一隻壁虎同時感覺著牢房的溫度與味道
同時在天亮之前就知道天亮了
曙色未現就已看見曙色
這壁虎至少潛藏著一億年的記憶基因
然而我的記憶基因已沒有時間觀念
我的記憶中有妳的溫度與味道

相鄰的月色與夜色
在夢中增加了我們的重量
在妳身邊偶一翻身就碰觸妳
我們是相鄰的海浪
相鄰的魚目
相鄰的雨點
滲和著星光與鹽末塵埃

妳的溫度與體味
和我的思念一樣逐漸增加濃度
已是一種引力或磁場
在我夢中增加了我們的重量
在牢房中我學會一種計算公式
從日夜長短比率換算地球重量
從地球重量換算太陽大小
從太陽大小換算星座遠近
從星座有無換算妳來的時間

這如果需要一億年的記憶基因
我正和一隻壁虎同時感覺牢房的溫度與味道
在一念間同時感覺到妳來了

想要推開妳

想要推開妳是那麼困難
推開一片雲成為霧
霧鎖住一座山
我鎖在山裡
想要推開月光成為窗
讓一扇門流入一條小溪
小溪灣灣流進夢土

夢土是妳肥沃的身體
我在上面
聽見呼吸
想要推開妳是那麼困難
推開夢成為一顆星球
我在星球裡越走越緊
呼吸急促

想要推妳是那麼困難
推開一個島嶼成為海洋
海洋是妳起伏的身體
我在上面
如是呼吸

吹盡塵垢

我只是風
輕輕向妳靠近
原本只想吹去妳髮上的塵埃
吹去妳臉上的憂愁
蕩開妳眼神的水影

然而我卻吹起了火
妳髮上翻飛的黑色火燄
眼裡搖擺的火種
吹得越猛火苗越旺
火舌反捲上了我的身體

只有風中拙火
才能吹盡妳我身心內外
所有的塵垢
我還是風
試圖從妳我的灰燼中
再吹起火苗

習慣塵埃

那件許久已不洗的衣服
我已習慣不用抖落塵埃再穿上
塵埃其實是乾淨的
例如沙
例如沙漠中的沙
在雪水洗淨後又在陽光中洗鍊
例如金色的沙
塵埃是乾淨的而且輕
有時比你的靈魂乾淨而且輕
所以在陽光中看見它往上升
我已習慣它
而且不怕
只要心中的溫度夠
就能慢慢溶解它熔化它
這累世的塵埃
把我的衣服染成了袈裟的顏色

擦掉對方所有的塵埃

有鱗有毛有角有足
有鰭有翅有蹼有鬚
在鳥與獸或魚與蟲之間
在一個看得見的無形的囚籠裡
我們變成另一種生物

敏感到只需借用深夜的星光
就能打開身體深處的卡鎖
發動體內深藏的能源

遺傳工程需要的能源
可以和情慾互換結構的能源
從骨髓散發到皮膚
我們用發熱的皮膚
互相磨擦對方

例如風磨擦著陽光
陽光磨擦著海水
海水磨擦著沙灘
時間磨擦著星球
我們用皮膚磨擦著對方

磨擦掉鱗毛角足
磨擦掉鰭翅蹼鬚

磨擦掉對方所有的塵埃
磨擦出眼神深處最後的冰雪
磨擦掉對方的所有
磨擦出自己本來的面目
直到看見消失已久的星光
又進入骨髓裡發亮

拉開窗簾

拉開窗簾看見明月
如解開妳的衣服
看見真正的妳

明月之下山體清晰堅實
那是我剛清醒的身體

星星都不見了
它們是我們暫時隱沒的靈魂
它們還會再現

關燈吧
關上窗戶同時拉緊窗簾
在我們越獄偷渡後寄居的旅店
如同靈魂寄居在我們的身體
關燈後
月光還是透進房間
例如那監視著囚犯的眼睛
例如死神偶而偷窺一下我們之間的距離
我們只好再拉開窗簾看見明月

最乾淨的露珠

眼淚是最乾淨的露珠
在無色無味中
從妳身上凝結出來
是苦的也是甜的

我知道那是經過燃燒的
以一種最高溫的熱
燃燒在最冷的冰原
在仇恨裡面
還能燃燒的愛
在深夜凝結
我吻食著結實的果實

妳的血妳的骨
緩緩進入我的身體
它會成為花蕾或地雷
都必須開花或爆炸
例如妳的眼淚
在我體內
在時間之外
至死亡之後
在無色無味
它會結成舍利

海浪的樹枝

颱風過後妳我跟隨洪水到出海口
在海邊撿拾漂流木
在有餘風迴南的海邊
燒起篝火
燒著樹的屍體
山的髮膚

篝火竄升
以海浪的形狀高過海浪
升高的火舌再升高
舔食到剛升起的滿月了
吞噬那月亮吧火種

有種的火
從我們體內延伸出去
我的火把伸進妳的草叢了
在還沒有成為灰燼之前
想用火的四肢先行逃離海岸
逃離陸地
然而海浪的樹枝
是我們難於攀越的柵欄

液體與氣體的影子

在妳的廚房裡
在妳的臥房裡
在妳的乳房裡
我努力要把兩個包子饅頭蒸熱
想用把包子饅頭蒸熱的溫度
把海水蒸發為雲

用把鉛和銀熔鑄在一起
把黃金從礦中提煉的
各種溫度
在我們彼此的磨擦中燃燒

在眼睛裡面燃燒出淚水和海水
在各種溫度中
我們看見彼此成為液體
成為液體的影子
成為氣體
成為氣體的影子
再成為固體的影子

再也堅定不移的影子
在彼此身體的上面下面
在身體的裡面
以一種灰燼的顏色
保存一丁點火種
期待下一次的燃燒

妳電話中的哭泣

妳電話中的哭泣
使天空佈滿了閃電

妳用大地上所有電線
拉去了我的靈魂

我的肉體已是靈魂的奴隸
乖乖的站在妳的面前

妳再用眼淚將我擊倒
成為一堆爛泥趴在妳身上

三眼二嘴

我是用第三隻眼
看見妳的第二張嘴
我站在人間的角落裡
以最好的角度看妳

站在廚房裡妳必須用小腹貼靠的地方
站在浴室妳必須蹲下來洗的地方
站在床邊妳常舒展四肢的地方
站在產房妳聲嘶力竭的地方
一次又一次
看見妳的第二張嘴

也許是肚臍
臍帶已斷
那代表一出生就開始走向死亡
那也許在肚臍以下的草叢裡
那代表生命的窗口或切口
那代表飢餓的慾望
一出生就如影隨形直到死亡
直至死亡以後還跟了下去
我用第三隻眼
看見妳的這些

就是一段旅程

在這都市泥濘的阡陌中
我們必須假裝保持距離
只是一步之隔
或只是隔著幾個座位
我們暫時要互相凝視

猶如彼此駕車在高速公路上急駛
從南北各自出發
在同一個城市各自往反方向下交流道
再迴旋至共同租賃的房間
猶如迷路的靈魂找到了共同的身體

彼此的舌頭
以黑夜中車子遠燈光束銳利的強度
以在高速公路上的專注
向對方深入
所有身外的規範暫時
快速向後倒伏

然後猶如熄火的引擎
我們的身體等待著降溫
等待天亮
再各自拿起自己的車鑰匙
發動引擎

在同一個交流道
彼此往不同的方向遠去

這就是一次外遇
卻是相忘多年後的一次外獄
就是一段旅程

時間的手指

我是大地上徒長的岩壁
生長著妳的樹

妳樹葉的眼睛千眼萬眼皆凝視我
那是時間的眼睛

妳在忘我的凝視中衰老
我是時間的手指

經過妳年輕的肉體
然後埋藏妳色衰的樹葉

同時也被時間
還原為妳的大地

冷焰

我本是無法靜止的雲
看見妳靜靜了千年的雲母石
我凝視著妳
變成妳的顏色
變成妳的形狀
變成妳身體的一部份

我靜止在山的上面
靜止在妳的裡面

我用雲的皮膚磨擦妳
用虛空中的冷
磨擦妳包裹妳岩石的冷
直到妳岩石流出眼淚
妳岩石開始柔軟熔解
我雲開始堅硬挺拔
在水的滋潤
與火的燃燒中

S形的山路

我們同時在一條S形的山路上
遇見我們的前半生

在夜色中開車向前彷彿已走了很遠
又不能疲倦
不能疲倦的夜色準時從山上降臨了
而我的車剛涉過溪谷
我聽見一百年前的水聲
和一百年前騎馬渡溪的人聲
人聲在虛無中往上升
例如螢火蟲往上升向夜色最濃的深處
一燈如豆
如豆芽一樣伸長
我們的燈光如豆芽一樣伸長至對方來的地方

我們同時開遠燈不代表
我們就能看見眼前的一切看見對方的所有
我們只是駕著自己的小燈塔
在夜海中順著岩壁摸索
S形的道路已從白天進入夜的夢境
在兩車相對又相距甚遠
而兩車燈光已先交會的剎那

我們還是陌生的
我們同時把遠燈按成近燈
幾乎可以看見對方的眼睛了
在S形的山路上相會
妳要下坡我要上坡
或我已下坡妳剛要上坡
在S形的山路上交會
想著彼此走過的S形的前半生
按一聲喇叭吧
這下半生是Z字形的
或者我們會往X形的兩方不再交會

今生又重複

昨天我還在獄中
妳今天不要來我的夢中作愛
縱使是在白天也不要進來
今天我要思考以前曾經思考又忘了
我到底和其他動物有何不同

除了語言與與文字
笑容與哭泣
或者皮毛與四肢
除了角毛尾巴翅膀鰓鰭
除了夢中與非夢中作愛的姿勢
今天我要思考前生曾經思考又忘了
今生又重複的行為
今天在牢房的牆壁上重複影現
雨水、陽光、黴菌、苔、油漆、汗與淚水
互相滲透交織影現的諸相
告誡我
今生又重複的行為

輯五

誤·時·的·時·鐘·草

麥飯石

麥飯石是我故鄉深山裡深埋的礦
研磨成粉可以成為糧食和化粧品
流水流過它的身體
硬水就成為軟水
如淨水甘露

但它有著雲豹紋身的花斑
有會變紅的石頭的保護色
我的童年就睡在
幾顆突出山脊的麥飯石上
如睡在雲豹的化石上面
背部深烙那些斑紋
那些斑紋也在天空的背部變紅
有時天空出現百千隻雲豹一直走向遠方

我沒有學會麥飯石的保護色
沒有學會化粧品的性能
我只是想到糧食
我的唯物
使我堅持飢餓時的頑固
現在我以為自己已是雲豹弓著背
看著遠方山巒起伏
如妳的乳房

而妳只是貓
我們之間不只是階級問題
還有種族或者國族
甚而是荒謬的血統爭論

我相信
雲豹和貓
都會被夜色征服
都難於動搖永固不移的夜色
例如愛情或者死亡
例如麥飯石
流水流過它的身體
就如淨水甘露

飛魚與飛蛾

牢房的探照燈劃向海岸
有時路過的飛魚會看見那一道光束
如同春意蕩漾在體內
或者慾幟蒙蔽的無知
如同飛蛾在牢窗外看見牢房內的燈光
牠們或他們或者她們
會向著那光飛撲
豈知光明向著陷阱與牢房

然而我仍希望妳今夜是一隻飛蛾
在牢窗外看見我裸亮的身體
或者我是那隻在季節的潮流中
看見了妳的探照燈光束的飛魚
我只是因為那光芒而想要飛高飛遠
只是想要飛成一隻鳥或一條龍
只是不知道會成為桌上的菜餚
當我死成方盤上一條鹽漬的飛魚

如果妳在桌邊
妳就吃我吧
如同那隻牆壁上的壁虎
我等著吃妳這隻飛蛾
我們都曾經以為是光明的使者
要尋找光明的原鄉
豈知光明向著陷阱與牢房
豈知我們還是無悔

白兔記

童年家門口的兔子花
在牢窗外伸著粉紅色舌頭的花瓣
鴿血紅的花蕊如兔子善良無辜的眼睛
牢裡的我哼起了陳三五娘與白兔記的那首歌
我想那在窰洞裡等夫君等了十八年的女人
那會是妳嗎

那個在異域無奈的娶了匈奴妻的將軍
那個在歷史的另一個牢房的人會是我嗎
牢窗外的另一邊彷彿在另一個時空下
躺著將軍岩與美人岩
那會是十萬年前或十萬年後的我們嗎

牢窗外月橘圍成的矮籬邊已開了血紅色雞冠花
矮籬上稀疏著金黃色網狀的兔絲子
金黃色迷惘般無根的兔絲子
彷彿那幾絲無意間灑在海面上的陽光

我就等著太陽下海或者太陽下山
我就等著滿月從海上確實是從海上升起
然後清楚看見月亮裡那隻兔子
和永遠被關在神話牢房裡的嫦娥
和那句碧海青天夜夜心
那兔子的眼睛從牢窗隱沒了
我繼續哼著那首陳三五娘與白兔記的歌

繩索如髮絲

在海底般寂靜的牢房角落
靜坐到快沒有呼吸和心跳
看見死亡與再生的一道門縫
一道由紅泛白的光
例如芽爆開種籽探出土殼
我聽見了那聲音應是驚蟄一聲雷

彷彿在梵谷畫裡看見的一種神光
只有在自身梵骨十字形的裂縫中
看見那條由紅泛白的細繩
猶如地獄中的那個人
看見佛陀從出口垂下來的一條繩索
我從神經末梢攀緣上去
捉住了那繩索似的閃電
只有此時我才脫離了牢房

然而其時
其實我是捉住了妳垂下來的一根髮絲
在陽光下黑得發亮的髮絲
其時已過了二十年
髮絲在黑暗中泛白的亮光
只要這一根髮絲就俱足了
不能再來
再來一根白絲
你我都會墮落轉生為蜘蛛
在自己編織的網中等待吞噬對方

誤時的時鐘草

記得我們從松林密佈如時鐘草的山中
被移置至四面是海浪的島上
我們被蒙上眼睛
但我們心靈的指南針
指向對方
指向思想深處的祖國
在船上沉浮的過程中
用手銬和腳鐐的聲音打著節拍
打著彼此默知的密碼

在浮沉的過程中我記起
同樣是在松林密佈如時鐘草的故鄉
我左手拿著一根時鐘草
那上面還夾雜著苦藍燈花
右手努力向妳揮別
一路走向一個陌生的都市
妳知道那根時鐘草生長在墳場邊
我們走過那裡時順手摘取
我們清楚的記得那草莽的味道

就是那草莽的味道使我們的前半生
奔波在一條革命的路上
就是被捕了關進牢房
也這是那草莽的味道在牢房四周

和合著季節遞換的蟲鳴
和合著浪花與星光
譜成一曲前半生的交響樂
豈知在未解放前就解嚴了

是時鐘草欺騙了我們嗎
我們用口水沾抹草尖就轉向
我們順著那個方向走耽誤了時間
我們被捕
在一個向日葵全部把頭轉向太陽的村莊
被綑在一輛向南方開的火車上
火車的聲音一路工農工農的叮嚀我們的理想
如今被解嚴後的後半生恍如隔世
彷彿未解放就解嚴了是一種錯誤

拒離

在不斷進出牢門的轉動中
在卡夫卡裡
在唯物規律下生產唯心的創作
漸漸的妳我
把唯物的寫實主義
轉換為更貼近的身體語言

把唯物的船駛向妳的大海
妳的大海把船翻成唯心的床
我們在上面划動雙手
抵住彼此的腳跟
借彼此的力與反作力
在海中搖擺前行

我們要經過那冷戰後又後冷戰的海峽
在漩渦中旋轉
人們遠遠看見我們的船
等他們靠近時看見的是我們的床
他們說兩岸必須保持距離
他們看見我們思想的船
張起了紅色的帆
我們愛情的床
掀起了白色的床單

髮夾的聲音

我用右手拉著繩索磨擦著牢窗的鐵條
手肘和脖子緊緊的靠著窗框
窗框外面是長長的海岸線
妳知道嗎
妳聽到了嗎
我想像自己正挺直著身子拉著小提琴
我挺直身子拉著小提琴的那段日子
我們沿著海灘散步
不遠處的岩岸如白色的床沿
從屋外的窗口看見床沿筆直而牢固
經得起我們例如浪濤般的衝撞

我們沿著海灘散步的那一天
妳遺落了一枝髮夾
海風立刻把珊瑚似的髮型吹成海草一樣
和裙褶一樣飄浮起來
妳無所覺的走著
我俯身撿取髮夾
猶如撿取一隻魚骨一片貝殼
上面還夾著長長長長的髮絲

我拉直那長長長長的髮絲
左右磨擦著那魚骨猶如磨擦著貝殼
猶如琴弦那髮絲閃著光亮

猶如妳身體深處的聲音傳導出來
例如風拂過皮膚
海浪擦過海岸
那磨擦的弦音例如火花
那火花燙紅了妳的身體
從小提琴而大提琴的腰曲線
我張開大腿夾著大提琴
我用手肘和脖子緊緊靠著妳的肩

我用右手拉著繩索磨擦著牢窗的鐵條
猶如昔日我用牙齒咬住妳的髮絲磨擦著髮夾
那如魚骨化石般半透明的髮夾
猶如半月從海面升了上來
我靠著牢窗
看著海岸線在月色下筆直如琴弦彎曲如弓

銅鑼蕩漾

在搖晃中比太陽大一倍的銅鑼
亮著太陽的光芒

在金黃中裹著曲線
中央突出一個乳房的形狀

被撞擊後的音波
從我心底蕩漾開來

那是沉寂很久以後的一次撞擊
黃昏時走在通往妳的路上

鑼響以後
嗩吶的聲音拔高了

在通往天國或地獄的路上
在儀隊的後面

在生的慾望與送葬途中搖晃
音波蕩樣的銅鑼凸出一個乳房的形狀

嗩吶

我們要唱歌
讓歌聲從它牢房似的身體裡逃亡
用我們剛吻過的舌頭
用一秒鐘跳過七次的頻率
我們要唱歌
從我們種族最原始的民謠
到我們走出階級的國際歌

回到我們唱國際歌就被捕的地方
我們要唱歌
讓歌聲走出記憶的牢房
把五線譜扭曲如床上的肉體
回頭看看那鋼琴色的床
大提琴的胴體
還有喇叭
或薩克斯風
不
只有嗩吶似的哀鳴
在農民送葬的隊伍後面
在農民革命的隊伍前面

最後的樂器

放封時聽到他們和她們竊竊私語
放出風聲的快感
彷彿從長頸的喇叭中
跳出來的一群蚊子
在風中張開翅膀
繼續往另一群人的身上吸血
那嗡嗡的飛翔
彷彿放封時聽到的竊竊私語
彷彿浪濤消失以後泡沫的碎碎
彷彿和我們
在旋轉的過程中排成一群有序的音符

然而我們最後和最好的樂器
是身上的手銬和腳鐐
我們已有默契
以敲擊著類似春秋戰國時期的古樂器
敲擊著編磬的陶鐵的樂音
彈奏一首國際歌或東方紅
彈奏雨夜花或補破網

我們學習十八世紀美洲大地上的黑奴
手和脖子被枷鎖夾在一起時
只能用腰與雙腳表示自己的不滿
只能用不滿的節奏逐漸形成一種舞

在時間的調整和政權輪替下
終於解開枷鎖四肢扭動
在拉丁美洲大地上跳起的森巴舞
我們在那種節奏中等待解放
我們把隔牆的竊竊私語
換成敲牆而起的樂音
例如敲擊著編磬的陶與鐵的樂音

山豬和蝶魚

在妳的牢房裡
我們敘述那一對山豬
一面逃跑一面回頭看
狼狗獵狗土狗秋田犬追逐過來

公豬殿後讓懷孕的母豬先逃
輕輕磨蹭鼻唇交換體溫體味和暗號
然後選擇溪水下游越溪而過
樹葉與草和水與風
清洗山豬的餘味之後
狗群迷失了嗅覺
公豬帶著懷孕的母豬逃逸而去

我們敘述著我們的海
我們的蝶魚雌雄相隨
雌魚把卵產在安全的地方
透明晶瑩例如珍珠或瑪瑙
奇妙的圓體成串例如稻穗或下垂的星體
生命就在那裡面
雄魚守著那些小生命
在水與礁岩之間孵化
我們敘述著一對山豬和蝶魚
在妳的牢房裡
在我的床

白馬斑馬

在牢房看著牢窗的框框
彷彿在黑暗的電影院裡
看著一幕幕自己拍攝的影片

我以一片雲的形狀出現
雲以一隻白馬的形狀
從山峰向斷崖躍下
那四蹄蕩過樹林
它要去尋找
海馬的故鄉
它要去看見和學習
站立著游泳穿刺陽光的柵欄

這自投斷崖的雲
以一隻馬對草原和山的厭倦
對流浪和無常的愛情的厭倦
牠終於看見那群海馬在海裡
站立著游泳穿刺陽光的柵欄

穿過一群藍白藍白半透明的水母
穿過她們夢幻般的身影
斑斕的陽光使牠成為一隻斑馬
這已經失去性愛和慾望的雄斑馬
驚訝的看見一群海馬產卵

雌海馬把卵產在雄海馬身前的卵袋裡
雄海馬負責授精產子

這奇異的海底
真的不同於天空
牠想要回去那斷崖上的山頂
斑馬浮出海面還原為白馬
一隻白馬從海面昂首旋身
那四蹄濺起了浪花
天空緩緩降下黑夜的帷幕
牢窗浮現了一粒粒的星芒

棉被和枕頭

這是第幾個冬天了呢
我老是覺得棉被太薄
少了母親為我蓋上的手溫
少了妳的體溫
我老是覺得棉被太輕

而牢房外的海浪太小又太吵
我真希望整個海洋的重量都上來
如同妳帶著翻捲的浪潮
淹沒了我的牢房
使我的床浮起來如同方舟
而那條太輕的棉被
如同神話中飛起來的魔毯

妳說在祖國西北的故鄉採棉花
在祖國西南的故鄉採茶花
棉花可以製成棉被
茶花可以製成枕頭
在逃難的道路上
妳遺失了棉被和枕頭
遺失了一整個大地主的家族
遺失了一整箱的書籍
在逃難的道路上
妳找到了自己的思想

找到了自己民族的民主
找到了我
找到了我的牢房

沉澱下來的音符

起床號從海邊的碉堡響起
我在衝鋒號的攻起線上醒來
昨晚的夢還在我們的床上

我們的床
像一座鋼琴剛剛沉默下來
我們的貝多芬與蕭邦
剛在我們的唇邊演奏
他們的愛情故事
從短暫的休止符
到身體深處的雷鳴
每一個音符
我們都摸過

摸過妳的我的白的黑的琴鍵
摸過身體的每顆痣與胎記
交換頭皮屑和汗斑
吃進對方的眼屎舔取耳垢
唾液汗水與眼淚
滋潤已經乾燥的皮膚

摸過妳的我的凹凸的山谷與海浪
摸過最大的琴鍵猶如一個島嶼
最小的琴鍵

妳最小的細胞
細胞內的基因
基因裡的記憶

思想意識和立場
在我們音樂的上方漂浮
最後沉澱下來的是我們的身體
我們身體裡最原始的音樂和演奏
在我們的床上
我們的身體我們的兩個音符

牆

在各自的牢房望向同一個月亮
月光在我們之間
形成一道牆

在各自的思想裡打著基礎
逐漸砌起一道牆
牆上還有光刺的碎玻璃

我們心中有一道牆時
我們就是牆了
我們之間有一點距離

我們靠得很近
靠著折腰的影子才伸過對方的領域
其他的風和風景站在旁邊

在我們砌牆之前就在那裡的
樹根和河流
從我們的下面向對方伸入

牆再怎麼牢固遲早都會有縫隙
牆頭上茁長的牛筋草和蒲公英在風中搖擺
像是偶然生出的意念

思想的牆
歷史的牆
愛情的牆

接攏起來的牆
終於緊圍著
我們的牢房

雕刻

今日時間為我雕刻
我背對窗口
一針針尖細的陽光刺痛肩背
太陽的眼力和手指
緩緩增加一種重量
以影子為模
時間將我雕刻在牢房的壁上

陽光轉移
時間將我雕刻在妳的山壁上
妳沒有蒼老下去
我在壁上微笑著端詳妳的容顏
猶如敦煌壁畫上的飛天
陽光又會成為銷毀容顏的力量
我們必須擋住所有光害
我們的潔癖
看不見空氣中有一丁點的塵埃

然而我聽見壁上有敲擊的聲音
是妳在敲擊著石棺的蓋子嗎
我在牢房的夢境中屢次聽到
有火車經過妳的山壁
有光亮經過妳的隧道
聲音例如水漣漪擴散出來

就是那種聲音
是妳在敲擊著石棺的蓋子嗎
是妳在雕刻著我

另一次雕刻

陽光在空中雕刻著一朵雲
黃昏時妳的樣子被刻在窗外
妳還年輕
但陽光已疲老
陽光放開的那朵雲已離妳而去

誰能用自己體內的光
雕琢自己的影子
水能用自己體內的光雕琢自己的影子
妳的手是穿透陽光的水
或者妳就是水時
妳能雕刻什麼呢

除了一個島
那個我們去過的島
它在妳的心裡
妳的身體裡
妳的雕刻

妳就是水時
或者妳就是水的一部份時
能流住什麼呢
當妳不能留住妳的眼淚
妳的眼淚下墜到地面時

我如同一滴汗水被蒸發
從妳眼中消失的那天
影子帶著鹽色留在地上
而妳的樣子仍被刻在窗外

鏡子

天空是一面鏡子
雲在裡面擠出一些裂縫
例如牢房牆壁上一線裂縫
在我努力擦拭下消失了
我把牆壁磨出了一塊發亮的鏡子

閉上妳的眼睛
讓我成為妳心中的鏡子
當妳要求我
從妳體內
尋找一支口紅
有體溫的
從妳琴弦的唇線
塗上一種東方紅的紅

在鏡子中看著妳
如太陽看著月亮
初一或十五
過了多少個寒冬
閉上我的眼睛
看妳臉上的皺紋
例如雲層在天空裡擠出一些裂縫

磚書

用磚塊砌成的牢牆
彷彿每塊磚就是一本書
爬向書架頂端
牆上長出水草開出小花
每一本書的生命
在陽光中閃亮

然而我倆似乎仍在
地獄般藏有八百萬冊的地下室圖書館裡
比鄰相依被遺忘百年又被追憶的
兩本詩集
我們被再版
彷彿我們已出獄

讓我的詩集從書房進入妳的書房
從書房進入妳的臥房
被妳閱讀
被妳撫摩
被妳打開
讓我看見妳躺在床上
看見妳的裸體
一頁頁翻開來
沒有格律和韻腳的詩
有波浪似的韻律

讀至最後一首詩的最後一個字
妳必須停止呼吸
回到一百年前
那藏有八百萬冊的地下室圖書館裡
回到妳自己
因為妳只是那場戰爭中

與那些書一起陪葬的人
躺著看見用磚塊砌成的墓牆
彷彿每塊磚就是一本書

釣勾

那天我毫無牽掛的走出牢房
彷彿走進一個夢的窗口
看見自己悠閒的在河邊釣魚

無意中我把釣竿伸過小河對岸
如遮住陽光的樹枝
在接近河面時
看見雲和鳥飛過天空

有人的衣服被我的釣勾勾住
拉扯中
我從夢中醒來
發現赤裸著的我
似剛剛學會游泳的童年
衣服在河岸上被妳偷走

現在
已是中年
妳把偷走的衣服還給我
躺在我身邊
我們卻害怕匆忙放在牢房邊的衣服
被謠言偷走
妳是不該來看我的
妳只能看著
那天我毫無牽掛的走出牢房

方圓之間

在四方形的牢房中踱步
繞圓形的圈子
想著幾何圖形與數學方程式
想著這一生
不是外圓內方也不是內圓外方

鏡中的臉
外圓內方也不是妳內圓外方也不是我
夜空中星座的幾何圖形
彷彿這一生戴過的面具

我們遊走流蕩
在生活的風景與生命的陷阱之間
在生活的規律與生命的旋律之間
路上飄浮著花粉和塵埃
飄浮著情緒與思念

我們分分合合
在內在外
我仍在妳的身體與思想之間擺渡
每一次後退都是為了前進
進退失據
於是我在四方形的牢房中踱步

玫瑰與西瓜

送來的鮮花和水果都已收到
細細觀賞和品嚐
妳的心意和體香

我的胃覺和味覺
我們的唯物和唯心
在玫瑰與西瓜的思考中消化

妳用綠色理念
托起紅色思想
妳是玫瑰

我用綠色理念
包著紅色思想
我是西瓜

妳從含苞而盛開
花瓣順時鐘旋轉
妳火把的形狀

我從慘綠經緯逐漸張網
從圓至橢圓的形狀
一顆旋轉中的地球

帆船與花瓣

從窗口緩緩駛過
彷彿從夢境裡來的一艘多層的帆船
使我想到妳寄來的相片
雪梨歌劇院白色花瓣分開的屋頂
桌上切開了排列有序的桔瓣和梨片
我們曾經並肩看著的
在水上漂浮的複瓣深蕊白色大山茶花

妳用妳的重量妳用水
承載我的重量我的泥土
妳溶納我的崩解
在前進的水上
我們同時把重量轉為質量
質量才能不滅重量才有感覺

當我們的重量輕如我們的呼吸
我們的重量重如我們的凝視
我們不能承受之輕
在我們的重量上面浮沉
當我從窗口看見
一艘多層的帆船緩緩駛過

烈日下的貓眼

她們告訴我妳戴上了一顆紅鑽石戒指
在頂級的宴會中遊走
她們從社會學和語言學的進化論中稱讚妳
可以在紅色思想的基礎上
創造紅色的形式與形勢
從此她們和妳都淡忘了
在雪地中擎著紅旗的那段日子

我只想送妳一顆貓眼藍寶石戒指
從我家鄉的山裡流向海邊
在海浪磨蹭下圓形的藍寶石戒指
從妳的無名指穿進去
框住妳喜歡翹起塗著紅寇丹的手指
從此妳會有家貓的溫暖

但妳仍然閃亮著
在兩塊雲母石中間蹲伏的
石虎與雲豹之間的綠眼
而我看著妳的是例如烈日下的貓眼
例如聶魯達駱駝一樣疲倦
鱷魚一樣厚重的眼睛
妳我學著他
憐憫第三世界的人民吧
把妳塗有紅寇丹手指上戴著的血鑽石還給非洲吧

面對

妳我認識之前
如兩顆星球之間
彼此映射著光芒
別人離我們越遠看我們靠得越近
別人無法靠近我們
別人在黑暗中看見我們
我們因黑暗而存在

我們認識之後
如看見光明的兩顆眼睛
看向前方走向前方的兩顆眼睛之間
沒有感覺距離
我們無法用當下的眼睛測量
兩顆眼球之間的距離

但如果從鼻梁一樣斜
斜的懸崖往下
跳進妳的眼睛
如從一個星球的最高峰
跳出那顆星球
我沒有那樣的技巧和勇氣
沒有那樣的裝備
如同面對死亡

一樹大紅花

在那段越獄的日子
我們在趕路的途中
曾經在路邊的一棵大樹下喘著氣
我們靠著肩膀背靠樹幹
那赤桐樹正從春天向夏天開滿大紅花
每一朵大紅花都像號角那麼大
我們可以感覺到那大紅花
向著太陽吶喊的震動

蒼白的思想
例如昨日獄中微弱的燈光
例如腳下的影子
從腳跟走向樹影之外
在陽光下它更難容身
在陽光下它要被熔化
彷彿死神還在附近盯視或召喚
但我們還可以等到夜色降臨
夜色裡的月色會將我們吻合

雖然我們只擁有一樹大紅花
它離我們安全的家很遠
我們的童年都已埋在樹下
小草和蝌蚪
都像舌尖或眼睛

在那裡瞪視或搖曳著謠言
樹葉和花瓣一起掉落
從我們的肩膀之間
我們感覺那重量可以一直沉入地底
我們感覺那震動
從腳底上升了

我們必須分手為了保有二分之一的逃亡機會
或者我們靠得更緊就沒入樹裡
或者我們只須抉擇
在綠葉與紅花之間
我們要撿取其中一種
帶回安全的家中
夾在意識型態的書頁裡

一對郵筒

在那段越獄的日子裡
我們曾經在趕路的途中
在大雨滂沱無人的路邊
我們站著不動在很久很久的滂沱大雨中
為了掩飾或者在擬人化的思考裡
我們終於站成了一對郵筒
同樣是被處罰
我們寧可是一對可以永遠比肩站在一起的郵筒

綠色的和紅色的郵筒
守著古老的資訊郵件
等著一封必須用手書寫
必須裝在信封貼足郵票
必須撐著雨傘走一段無人的路
才願投寄的情書

我們在比肩等待中互換體溫從而互換思想
滂沱大雨中我看見記憶中的那個人
向紅色郵筒投入一只白色信封
我吞進信裡寫滿的紅色思想
在冷徹的大雨中才足以抵制妳白色的慾望
那是一封限時回答的訣別信
我全身滾燙開口卻無聲
那是入獄前我向妳的書寫

卻是妳隨我入獄的自白書
然而妳只是綠色信箱只是等著平信
沒有限時的口號可以吶喊

然而我們還是在滂沱大雨中繼續站著的一對郵筒
然而我們還在越獄的路邊
在被追捕回去之前
或許可以等到一次閃電
可以將我們燃燒
或者焊接在一起

書牆

這裡雖然是牢房
然而卻是飽滿的書庫
飽經歷史撿食與戰火燒煉
這裡的伙伴記憶中沉澱的知識
是二次大戰後冷戰結構下人類思想的化石

這裡的經典充滿黃金一樣高貴的質量
這個島其實承載不了這些知識寶庫
知識之海的泡沫在外面點綴繽紛的彩虹
妳無法靠岸的船還滿載書籍
在浮沉的波浪中發黴結苔酸餿
書籍上長出菌的孢芽了
妳還想靠近這牢房外面的港灣嗎

把書籍打開晒晒陽光
然後載回去佈置妳的房間
妳四面的牆擺滿了書
靠近屋頂的一排書彷彿要從屋頂爬出去
這四面是書牆的房間就是妳的牢房了
知識之海的泡沫繼續在外面點綴繽紛的彩虹
等我出獄那天
妳就以一本燙金的書為舟
以筆為槳
划行至知識之海的港灣迎接我

一個定點

給我一個礎石
一個定點
妳給我一個小島
握住那小島的燈塔
躍過妳的身體
以飛魚的姿勢
以鳥和雲的重量

再給我一個定點
下陷的
深一點的
我要豎起我的燈塔
在妳身上
豎起我的陽具
在黑夜裡占據太陽的位置
和合太陽的體溫
在暴風雨中持續向妳深入
插入我的旗
占據妳的身體
我下陷在一個下陷的定點
在一個愛情的牢房裡
同時已是一個思想的囚犯

鑽石與化石

那些不知永恆是什麼的星群
似乎早已知道無常的未來
它們用憐憫與悲哀
或者也親切的眼光
垂下天體
彷彿垂下來一串稻穗
垂下來柔和又重疊的手印

那稻穗的尖芒
手印的指尖
就要觸及妳住的小島了
在妳住的小島
也看見同樣的一組星群
向我囚困的小島下垂
那不是天秤座也不是雙魚座
那不是永不相見的參與商
那不是妳我

從海上浮上來的我們的島
寧願是海的化石
而不會是海的鑽石
猶如妳我　寧願是永恆的情人
而不會是偉大的囚犯

草魚

我知道妳在另一個地方看著我
不知那是妳的家還是妳的牢房
下雨時我們聞到
雨水彷彿千萬條的線
可以傳遞遙遠的思念

下雨時我們聞到泥土的味道
兩隻各自在自己的池塘裡看著天空的草魚
眼睛和嘴唇浮出水面
水草在岸邊拖著雲
草魚以草的姿勢從雲堆中消失

除了水災或被捕的災難
兩隻草魚無法見面
水災把兩隻草魚溢出了自己的池塘
在離開很遠的一條溪河中會合

那是一種什麼樣的愛情
妳我相濡以沫
在一條本來乾涸
因水災而又有了激流的河中
終會再乾涸的河流
將如何困住妳我
兩隻無法上岸的草魚
在下雨時我們聞到水氣
在水氣中我們聞到泥土

夢的載具

失眠的夜晚
是妳在夢中要見我嗎
只有在夢中
妳我才能走出彼此的牢房
我們已然修行到了一個境界
把夢變成了是靈魂的載具
然而我們尚無法駕駛我們的載具
例如剛上船的水手
例如還在學習的飛行員
例如剛學步的嬰兒

是妳又在夢中叫我的名字
我必須爬起來
我的靈魂跌跌撞撞試著走出牢房
例如嬰兒學步試著走出母親給的一條路
跌跌撞撞的靈魂彷彿也有痛的傷痕
是妳在叫我名字的聲音
例如母鯨的音率傳達一千哩
把月亮從海裡叫了上來
我在窗口與月亮之間
看著妳駕著妳的夢

妳的夢和月亮一樣圓一樣大的一個載體
包裹住妳

到了我的窗口妳必須跳下來
請跳下來
如果妳跳不下來
妳的夢又成為妳新的牢房了
我在我的牢房裡
失眠的夜晚
又是妳在夢中要見我嗎

耳環

在牢房的蛛網中擺蕩的蜘蛛
又會讓我想妳的耳環
在擺蕩中左右我的記憶
對妳的忠貞或者我的忠誠
從驚嘆號變成了問號
從問號又變成了句號的耳環
在妳的雲鬢下搖晃

垂在妳耳下和細白的頸項間
金黃色的光芒磨擦著皮膚
那聲音
和那觸覺
在貝殼似的耳朵下搖晃
搖擺著浪花中的水聲

看著妳搖擺著走過樹與樹之間的竹籬
我彷彿從牢窗的柵欄爬了出去
看著妳像歐洲的仕女搖擺著過街
唐朝的宮女正擺蕩著過河的扁舟
楚河的巫女擺蕩著蘭槳
賢淑窈窕的曲腰和身影
恍恍惚惚在非洲大地上
頭頂著食物的細細的女人
垂著碩長的耳環充滿原始的性暗示
當妳走過樹與樹之間的竹籬

蟋蟀與玫瑰

我聽見窗外蟋蟀振翅嘶鳴的聲音
那是我的聲音嗎
還是妳在哀泣
那時我住進陌生的大都市
走過逃亡與失業的狹路
在迷茫的巷弄裡遇見妳

在監視與歧視的環境中
在暗夜裡偷偷在妳窗外
猶如那隻在妳窗下振翅嘶鳴的蟋蟀
在大樓冷機下啜飲著滴水
看那盆栽裡同樣啜飲著滴水的玫瑰
開出了鮮紅的花朵
它知道那冷氣機的滴水裡
有妳房間裡的體香
有妳的唾液血液淚水汗水

那振翅嘶鳴的蟋蟀啜飲著玫瑰的露珠
牠依此而生存
大都市車水馬龍的巷弄中
沒有人
沒有人聽見我在窗外對妳嘶鳴歌唱

那天夜裡沒有人知道
我被捕了
我進入了一生中最難釋放的牢房
只有耳中嘶鳴的蟋蟀的聲音
只有鮮紅玫瑰散落的香味
一路陪伴

在牆壁上笑著

妳的相片在牆壁上笑著
蒼老的牆壁也笑出了青春的皺紋
妳在妳的夢中笑著看我
妳在我的夢中笑著看我
妳笑著
以一種卿卿的樣子
幾乎不要有重量的
一種不必承受之輕的
輕輕的姿勢

妳笑著
以一種氫氫氧氧的親親癢癢的水性
妳笑著我的土
我的土的粘與重
我的土剛從火裡誕生
我皮膚的赭紅
成為磚的方正與堅固

我要一種相對的或絕對的重量
例如地球懸浮起來
在妳笑著的時候
我在空中自轉
妳在我身邊公轉
在太陽用黃道劃出的軌道上

不要出軌
不要用那種姿勢笑著

妳的水無法將我溶解
我是擋水的那層土
從大禹治水那時就來了
若妳就是水
由氫氧結構而來
我實需要妳體溫的溶解
才耐得住那火的烤煉
成為方正堅固的磚
才能是築我們巢的基礎
才會是建我們牢房的牆壁
而妳的相片還在那牆壁上笑著

降落的感覺

一千公里外的海浪終於來到了
一公里外的海岸
海浪衝擊岩岸高高升起猛然降落
那聲音例如一千公里外的飛機於風雨中飛返
降落在一公里外的跑道上

我幾乎每天都聽到這起降的聲音
我想妳是否又來看我了
妳的起降妳的重量
給這個綠色的囚島一個震動
給我一個夢中的頓號

坐在飛機上突然下沉的那種感覺
例如睡到半夜突然跌下床邊
醒來時自己還是在一個牢房中
從窗口看著那架飛機又飛走了
像那隻綠頭紅尾的大鳥
每天都出去看雲
回來時滿身是雨水與塵埃

然而這囚島上的飛機是螺旋槳式的
二次大戰時留下的機型
飛行員用目測距離降落
妳靠近駕駛座抓緊安全帶

一身冷汗
彷彿要去赴死的感覺
妳降落時的頓號
驚動了我的睡夢
記得我被帶走的那一刻嗎
妳靠近我隔房的牆壁
一身冷汗
那身影還貼在那裡

遺留的鑽石

妳怎麼知道我心中也有一塊鑽石
妳怎麼借來愛情之火
將我的心熔解
然後輕取那塊鑽石

妳怎麼不再耐心等待
等待我從灰燼中燃燒
火焰重現我的影子
火舌重現我的四肢
風回復我的呼吸

妳怎麼不再等待
等待我再成為灰燼
在灰燼裡面
最後一點星光
結印為舍利
妳怎麼不耐心等待
那比愛情和鑽石更高的喜悅和價值
妳怎麼可以先離我而去

還有一枚貝殼

與其把生銹的身體
例如鋤犁埋骨在深山
不如投向海
投向妳
投向妳的身體

例如用陽光和風
用海浪
把自己磨亮
縱使粉身碎骨
也還有一枚貝殼

頭蓋骨磨蹭的一枚貝殼特別亮
妳撿起來吧
在上面刻一行詩
例如墓誌銘
例如鏡子
放在妳的床前

異痣

今天的牢窗彷彿一面有裂痕的鏡子
最亮的地方是海
是妳的臉
妳臉上的一顆痣
是海上另一個小島

從牢窗看見的另一個小島
他們在島上堆積剩餘的燃料
剩餘的能量與灰燼
在慾望轉換為慾熾的灰燼以後
那個島猶如妳臉上的痣
有一種宿命似的顏色

從牢窗看見的另一個小島
蘭嶼
彷彿海上的盆栽
盆栽上異化的蘭花
彷彿是妳

真珠與唸珠

我真的看見那張圖畫裡的那隻鳥了
那隻銜著唸珠的鳥
停在牢窗邊彷彿在畫框裡
那隻在神桌上農家供奉的觀世音圖像裡
在竹林裡那隻銜著唸珠的鳥
在牢窗邊銜著一根海草
海草上奇蹟似的粘著一顆真珠

這是奇怪的機緣
沒有人為那隻鳥取名字
牠有了名字牠就有了束縛
牠有了唸珠牠就有了枷鎖
銜著海草和真珠的鳥
使我看見那隻銜著唸珠的鳥
使我看見
掛著真珠項鍊的妳
和掛著唸珠的妳
使我忘了名字的妳
使我從牢窗看見自己

尋找樂器

我不相信眼睛能看見什麼牆外更遠的什麼
我相信聲音能穿牆而來而能不知其來
就如嬰兒在子宮裡聽見母親的心跳
如地球自轉生命漸甦
當聽見外面的動靜
耳朵先於眼睛覺醒
我在子宮般的牢房裡覺悟後
想聽聽自己身體成熟的音樂
握住自己身體唯一的一支樂器
獨自唱起不知是頌歌還是送曲
一種只要聲音就好的樂音

我還要去找一種最簡單的樂器
只要一種最簡單的伴奏
一種比我自身的短笛更輕便
更適合帶著流浪更不必擔心遺失
最後會忘掉重量的一種樂器
從泥土裡捏出來
例如雙掌合拳
在兩根拇指間有一隙縫
例如妳身體的另一張嘴有著性感的唇瓣
例如壎
有著眼睛有著肚臍
有著洞穴的樂器

我的唇緊緊靠著妳的樂器
舌頭靈活的調著音
彷彿趴下一萬年親吻黃土高原的土地
我趴著尋找那土地深處升上來的聲音
例如豆芽或稻苗
從一萬年前的灰燼中茁長
如嬝嬝上升的一縷炊煙

隔著牢窗望著那縷
不知何時升起的炊煙
家是那麼遙遠
而死亡就在隔壁
因此我相信聲音能穿牆而來而能不知其來

琴弦上的銅綠

牢窗的鐵柵欄在緊握的手中顫抖
猶如在時間中停滯很久的琴弦
在緊握的手中顫抖而有些許聲響
那時妳的身體例如半斜的吉他
在我的懷中微微顫抖
停滯很久的琴弦
已鏽著有毒的銅綠

我的手指因為不斷挑撥琴弦而沾滿銅綠
沾滿了銅綠的手指拿起妳給的麵包
我在飽食的微笑中
坐入第二個牢房
我逐漸失去生命

用最後一根弦
清晰的彈著東方紅與西風的話
琴聲傳至祖國的故鄉
才得以暫時舒解已鬱積的毒素

國家圖書館出版品預行編目

綠島外獄書 / 詹澈著. -- 一版. -- 臺北市 :
秀威資訊科技 , 2007.12
面 ;　　公分. --(語言文學類 ; PG0161)
ISBN　978-986-6732-41-6（平裝）

851.486　　　　96022964

語言文學類　PG0161

綠島外獄書

作　　者 / 詹澈
發 行 人 / 宋政坤
執行編輯 / 林世玲
圖文排版 / 黃莉珊
封面設計 / 蔣緒慧
數位轉譯 / 徐真玉　沈裕閔
圖書銷售 / 林怡君
法律顧問 / 毛國樑　律師
出版印製 / 秀威資訊科技股份有限公司
台北市內湖區瑞光路583巷25號1樓
電話：02-2657-9211　　傳真：02-2657-9106
E-mail：service@showwe.com.tw
經 銷 商 / 紅螞蟻圖書有限公司
台北市內湖區舊宗路二段121巷28、32號4樓
電話：02-2795-3656　　傳真：02-2795-4100
http://www.e-redant.com

2007 年 12 月　BOD 一版
2008 年　1 月　BOD 二版
定價： 340 元

讀　　者　　回　　函　　卡

感謝您購買本書，為提升服務品質，煩請填寫以下問卷，收到您的寶貴意見後，我們會仔細收藏記錄並回贈紀念品，謝謝！

1.您購買的書名：______________________________

2.您從何得知本書的消息？

☐網路書店　☐部落格　☐資料庫搜尋　☐書訊　☐電子報　☐書店

☐平面媒體　☐ 朋友推薦　☐網站推薦　☐其他___________

3.您對本書的評價：(請填代號　1.非常滿意 2.滿意 3.尚可 4.再改進)

封面設計____　版面編排____　內容____　文/譯筆____　價格____

4.讀完書後您覺得：

☐很有收獲　☐有收獲　☐收獲不多　☐沒收獲

5.您會推薦本書給朋友嗎？

☐會　☐不會，為什麼？_______________________________________

6.其他寶貴的意見：____

____

____

____

讀者基本資料

姓名：_____________________　年齡：______　性別：☐女 ☐男

聯絡電話：_________________　E-mail：_____________________

地址：____

學歷：☐高中(含)以下　☐高中　☐專科學校　☐大學

☐研究所(含)以上 ☐其他_______________

職業：☐製造業 ☐金融業 ☐資訊業 ☐軍警 ☐傳播業 ☐自由業

☐服務業 ☐公務員 ☐教職　☐學生 ☐其他___________

請貼
郵票

To：114

台北市內湖區瑞光路 583 巷 25 號 1 樓

秀威資訊科技股份有限公司　　收

寄件人姓名：

寄件人地址：□□□

(請沿線對摺寄回,謝謝!)